※このポスターはフィクションです。実際には販売しておりません。

もってできる！
太利亜《タリア》の船旅
募集定員
819名!!
自分の可能性を否定するな！
見たことも聞いたこともない
ことにチャレンジだ!!
烏野について詳しいことは ハイキュー!! 検索
資料請求 烏野観光 0120-×××-819
※このポスターはフィクションのなんちゃって広告です。実際に募集はしておりませんので、ご了承ください
兵庫を
KITA

スペシャル・ノンフィクション番組

カジキに賭けた男

烏野ケーブルTVにて

近日放送予定？

JUMP j BOOKS

ハイキュー!!
ショーセツバン!!

古舘春一
星希代子

XII
卒業後の景色

STORY

おれは飛べる――。小学校時代「春高バレー」で見た"小さな巨人"に憧れ、バレーボールを始めた日向翔陽は、憧れの人と同じ「烏野高校排球部」に入部。1年生の春高時に全国大会出場を果たし、その後も高校バレーで活躍する。そして卒業後、日向は、バレーボール修業のため単身ブラジルへと立つことに!?

日向翔陽

■ひなたしょうよう

元烏野《からすの》高校排球部。

高校卒業後、ブラジルでのビーチバレー修業を経て、Vリーグ「MSBY《ムスビィ》ブラックジャッカル」に入団する。

■山口忠《やまぐちただし》
烏野《からすの》高校出身。
大学進学→家電メーカー勤務

■月島蛍《つきしまけい》
烏野《からすの》高校出身。
大学進学→V2リーグ・仙台フロッグス

■菅原孝支《すがわらこうし》
烏野《からすの》高校出身。
小学校教諭

■澤村大地《さわむらだいち》
烏野《からすの》高校出身。
宮城県警生活安全部

■谷地仁花《やちひとか》
烏野《からすの》高校出身。
大学進学→広告デザイン会社勤務

■宇内天満《うだいてんま》
烏野《からすの》高校出身。
漫画家、「ゾンビ剣士ゾビッシュ」連載中

■烏養繋心《うかいけいしん》
烏野《からすの》高校男子バレーボール部コーチ。
坂ノ下《さかのした》商店店主

■武田一鉄《たけだいってつ》
烏野《からすの》高校
男子バレーボール部監督

■東峰旭《あずまねあさひ》
烏野《からすの》高校出身。
アパレルデザイナー

CHARACTERS
影山飛雄
■かげやまとびお
元烏《からす》野《の》高校排球部。
Vリーグ「シュヴァイデンアドラーズ」に所属。全日本代表にも選ばれる。
及川徹《おいかわとおる》
青葉城西《あおばじょうさい》高校出身。
「CA《クラブアトレチコ》 サン・ファン」所属
青根高伸《あおねたかのぶ》
伊達工《だてこう》出身。
建設会社勤務＆「VC《ブイシー》伊達」所属
二口堅治《ふたくちけんじ》
伊達工《だてこう》出身。
エネルギーメーカー勤務＆「VC《ブイシー》伊達」所属
木兎光太郎《ぼくとこうたろう》
梟谷《ふくろうだに》学園高校出身。
「MSBY《ムスビィ》 ブラックジャッカル」所属
赤葦京治《あかあしけいじ》
梟谷《ふくろうだに》学園高校出身。
「週刊少年ヴァーイ」編集者
北信介《きたしんすけ》
稲荷崎《いなりざき》高校出身。
農業
宮侑《みやあつむ》
稲荷崎《いなりざき》高校出身。
「MSBY《ムスビィ》 ブラックジャッカル」所属
宮治《みやおさむ》
稲荷崎《いなりざき》高校出身。
「おにぎり宮《みや》」店主
佐久早聖臣《さくさきよおみ》
井闥山《いたちやま》学院高校出身。
「MSBY《ムスビィ》 ブラックジャッカル」所属

ハイキュー!! ショーセツバン!!

XII 卒業後の景色

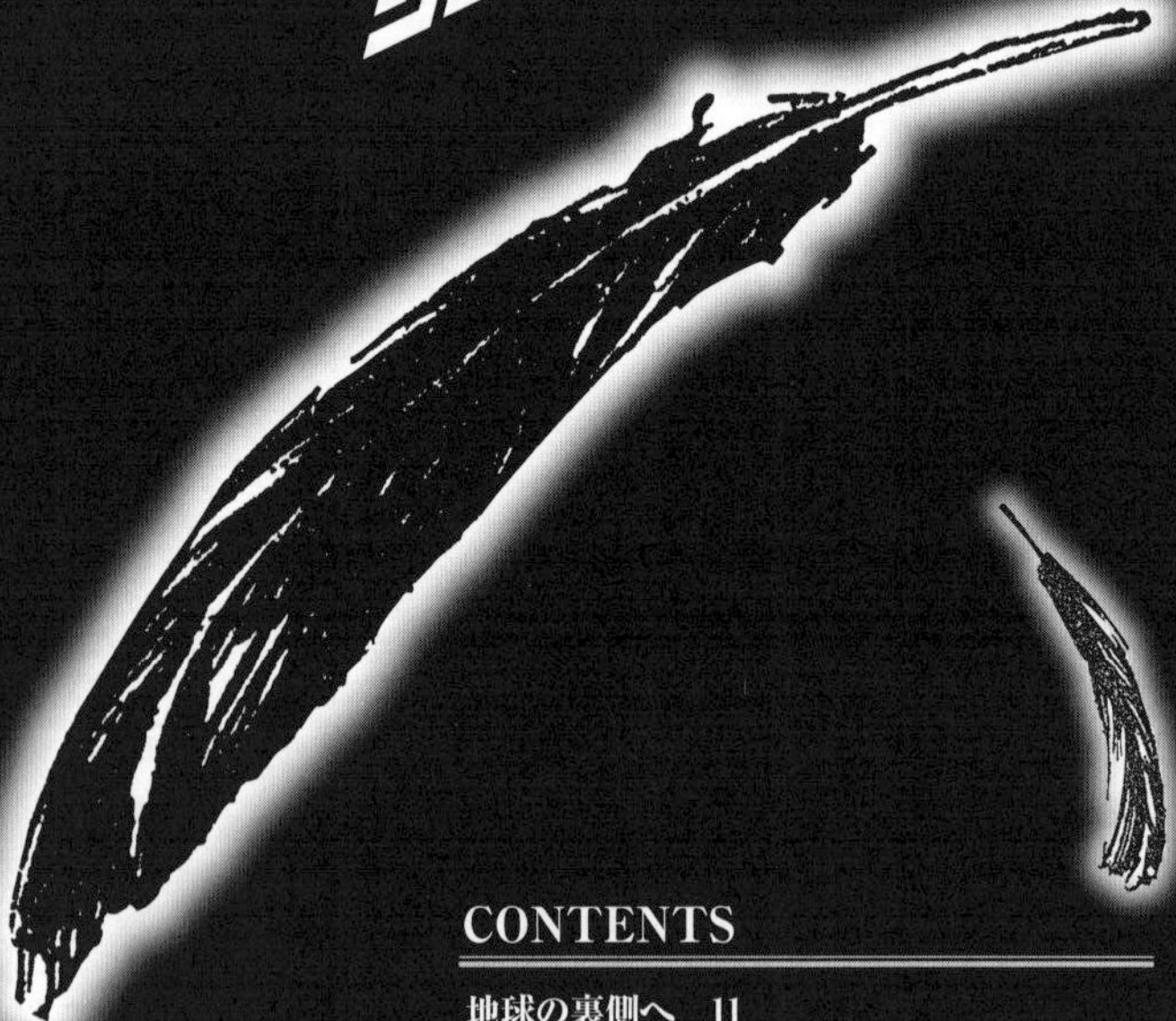

CONTENTS

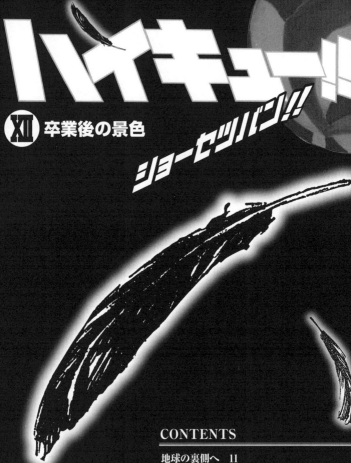

地球の裏側へ

いつの間《ま》に背後を取られていたのだろう。

「違う」

母親の固い声に、谷地仁花《やちひとか》はビクッと全身を震わせた。すぐ後ろから、母親の円《まどか》――というか職場では社長だ――のあきれ返った声がする。

「和風っていうのは、富士山とか鶴《つる》とかこけしとかそういうことだけじゃないでしょ。インバウンド向けのお土産《みやげ》じゃないんだから……」

谷地は目の前のモニタを見た。

開かれているのは、商品パッケージのデザイン案だ。確かに日本土産っぽいが、でもコンセプトの「和風」に合わせて考えたつもりだった。

「ちがう……?」

大学生になった谷地は、母親のデザイン会社でアルバイトをしていた。今回、ついにプレゼン用のデザイン出しに参加させてもらえることとなり、張りきって作業をしていたのだが——。

「そ、それはどういうこと……デスカ？」

『⌘S』でファイルを保存し、娘の顔でなく見習いデザイナーとしての顔で振り返ると、円は「そうね……」と、身体《からだ》にぴったりと合ったジャケットの腕を組んだ。

オフィスのBGM代わりに小さく流しているFMラジオが、道路交通情報に変わる。高速は順調に流れていて、一般道路では国道4号線、仙台《せんだい》バイパスの下り線は小鶴《こづる》から鶴ケ《つるが》谷《や》にかけて渋滞《じゅうたい》——。

「…………」

いま谷地にできるのは、社長の答えが降りてくるのを息をひそめて待つことだけだった。渋滞に巻きこまれたときのように、ただじっと。国道45号線は、県庁方面へ向かう上りが塩釜《しおがま》市役所入口で1キロの渋滞——。

「…………」

重苦しい時間が流れ、イヤな汗《あせ》とともに交通情報が終わる。そして天気予報に変わったところで、谷地は長い沈黙のプレッシャーに耐《た》えかねて、というより、なぜか息を止めて待っていたために酸素を求めて、「あっ、あの！」と口を開いた。

と同時に「つまりね」と、円がようやく説明を始める。

「この案件は、シンプルで高級感のある落ち着いたデザインにしてほしい、ってこと。資料見たでしょ？　価格も従来品よりちょっと高いの。こんなお子様っぽい方向性じゃない。まあ、こけしは地元感があるから一案くらいそういう方向性があってもいいかもしれないけど、基本的にゴチャゴチャ子供っぽい、騒がしいのはやめてちょうだい。和風のモチーフを入れたいんだったら、ワンポイントにするとか。高級感を忘れないようにして」

立て板に水で繰《く》り出《だ》されるダメ出しの量に追いつこうと、谷地は必死にメモを取った。そして、同時に修正点を考える。

「シンプル……高級感……。こういう感じ、かな……」

マウスを持ち直し、散りばめていたイラストをとりあえず削除《さくじょ》。ころんとした筆文字は、シンプルな明朝体《みんちょうたい》に変更。そして、ベースに敷《し》いていた赤い和風の地紋《じもん》は素材感のあるクラフト紙に変更してみる。とりあえずの作業で、ガラリと印象が変わる。

変わるが、疑問は残る。

「では、和風……はどこへ？」

谷地が首をひねると、モニタを睨《にら》んでいた社長が再び喋《しゃべ》りだした。

「あのクライアントは、シンプルなデザインを和風って表現したってこと。ワビサビ、みたいなことかな。ごてごてした熨斗袋《のしぶくろ》みたいにしたいわけじゃないのよ。あ、でも、勘違《かんちが》いしないで。この案件がそうだっていうだけで、別のクライアントや担当者だとまた変わってくるから。和風って言葉で思い浮かべるイメージは人の数だけあって、誰もが同じように感じるわけじゃないってことはわかっておいて。デザインはコミュニケーションだからね、相手の望むことを読んで形にしてあげないと」

ごうごうと落ちつづける滝のようなダメ出しに、谷地のメモも全力だ。速記講座の資料請求も検討してしまう。説明が多くなるのは、これまでの自分の経験をしっかりと伝えておきたいという円の親心からだろうが、当の娘は半泣きである。

「え、ええと、それはつまり、忖度《そんたく》……ということ、デスカ？」

「いいえ、プロの想像力です」

ばっさりと否定されて、谷地は「ス、スミマセン！」と、すっかり再起不能である。縮《ちぢ》み上《あ》がった娘の姿に気づき、円は「しまった」と母親の顔で小さく呟《つぶや》く。そして「今変えたやつ、その『上質な暮らし』の方向は合ってると思う。がんばって」とフォローを添《そ》えると、バタバタとオフィスを出ていったのだった。

かと思うと、すぐにドアが開き、顔だけ出して言《い》い足《た》す。

「あ、さっきのはそれでいいけど、全部を同じ感じにはしないで。上質さは担保《たんぽ》しつつ、ちゃんと案に幅をもたせてね。何度も言ってるからもうわかってると思うけど、A案、A'案、A''案じゃなくて、ちゃんとA案、B案、C案になるように」

「は、ハイッ！」

娘の返事を聞いて、円は「じゃ、期待してる」と、今度こそ本当に出ていった。

谷地は、本当の本当にもうドアが開かないか数十秒待ったのち、ようやく「はあああああっっっ」と机に突《つ》っ伏《ぷ》した。腕に当たったマウスが机から落ちて、ぶらりと垂《た》れ下《さ》がり、揺れる。

「よかった、心臓が止まらなくて……」

そしてもう一度、おまけのように小さなため息をついて、呟く。

「コミュニケーション、か」

私の苦手《にがて》なやつだ……。

そう、あのときもそうだった。

ゆっくりと揺れるマウスを見ながら思い出す。

日向《ひなた》翔陽《しょうよう》の言う『ビーチ』は、決して菖蒲田《しょうぶた》海水浴場や月浜《つきはま》海水浴場のことではなかったのだ、と。まったくコミュニケーションほど難しいものはない。

「けど、がんばらなくちゃ」

谷地は気合を入れて座り直すと、再びモニタに向きあった。

「約束だから」


高校2年で、春でした。

あの日はどうして放課後の教室に戻ったんだったろう。急いで廊下を歩いていて、途中、開いていたドアから教室の中に人のいるのが見えました。あの白いフードですぐに日向だとわかります。

声をかけようとして、でも背中を丸めてなにか書いているらしいことが後ろ姿からもわかって、私はあわてて声を飲みこみました。放課後の、誰もいない教室でひとりノートに向かっているだなんて、きっと補習かなにかだと思ったから。邪魔《じゃま》をしてはいけない。

でも日向は、すぐに振り向きました。

「やっぱり谷地さんだ」

「え、なんでわかったの？」

まだ教室に入ってもいないのに。廊下を歩いてきただけなのに。

「だって足音が谷地さんだったから」

「えっ⁉」

思わず足元を見てしまう。バタバタとうるさい足音で恥ずかしいです。穴があったら棲《す》みついて二度と外に出たくないけれど、穴を掘るわけにもいかない。明日《あした》から、いや、今から落ち着いて生活するよう努力しよう……。

なんとか気を取り直して摺《す》り足《あし》で教室に入り、さっき飲みこんだ質問をします。

「なにやってるの？」

「なにをやればいいか、まだわからない」

まるで試合中みたいな日向の顔に驚いて、私は思わず開かれていたノートを見ました。

勉強がわからないのかな、中間の成績が悪いとＩＨ《インハイ》予選にも……とのぞいたノートには、しかし数式でも英単語でも年号でもなく、たくさんの言葉がごちゃっと書きつけられていたのです。


小さい↓大きいやつより高く飛ぶ↓最強!!

どうやって？？？？？

練習!!!!

どうやって？？？？？

しゅ業《ぎょう》!!

アンダー＋オーバー

六人

二人！

それはまったく勉強のことなんかではなくて、私はあわてて顔を背《そむ》けました。これはたぶん私が勝手に入りこんでいい領域では、ない。

「ごめんなさい！　いつもの勉強のことかと思って、ノート勝手に見ちゃって！」

「え、あ、こんなのぜんぜんいいよ」

「よくないよ！　あーもう、私はいつもいつもデリカシーがないというか雑というか、対・人間に向いていないというか……!!」

いや、いけない。こうやって自分の話ばかりしていてはいけないのだ。私はぶくぶくと湧《わ》き上《あ》がる自己嫌悪《けんお》をグッと飲みこんで、訊《き》きました。

「なに、してたの？」

「なにをしたらいいんだろう、って考えてた」

そう言った日向の表情は、確かに真剣でしたが「悩んでいる」というよりは「考えている」ように見えました。ただシンプルに、わからないから考えているだけ、というか。

そう思ったのは、日向のノートが、私がデザインを考えているときのアイデアノートに似ていたからです。もやもやと頭に浮かんだアイデア未満の断片をただ思いつくままに全部描き出して、考えをまとめていくためのノートに。

だから、私はつい口を出してしまったのです。領域を超《こ》えて。

「そういうときは、直感に従うのがいいと思う」

「直感？」

訊き返された途《と》端《たん》、顔が爆発的に熱くなりました。

「あ、いや、その……」

は、恥ずかしい……！

そもそも日向がなんのことを考えているのかもわからないのに、調子に乗ってまったく見当はずれなことを言ってしまったかもしれない。なんと愚《おろ》かな！　これが恥《はじ》か！　なぜ口にする前に思《おも》い留《とど》まらなかったのだ！　後《こう》悔《かい》！　先に！　立たず！　あとの！　祭り！

「じゃなくて！　直感というか、なんというか、ええと、その、いっぱい考えた結果なら、なにを選んでも正解というか、じゃなくて、正解にもっていくというか……。うわ、手汗《てあせ》が。なんか……私ごときが偉《えら》そうにスミマセン！」

「いや、おれこそ！」

「いえいえいえ、私が！　スミマセン！」

「スミマセン！」

「スミマセン！」

どのくらい続いたか、ひとしきり謝《あやま》りあったあと日向はぽつりと言いました。

「なにをしたらいいか、っていうか、全部できるようにならなきゃいけないんだ」

「ぜんぶ？」

「全部です」

「全部、って。それは……」

「うん、簡単なことじゃないよなー」

そして日向は言ったのです。

「ビーチに行きたいと思ってる」

「え、それはまだ早いのでは？」

「そうかな？」

「うん、海はまだ……、だって5月だよ？」

窓の外を見れば、夕方なんて永遠に来ないみたいに薄く青く澄み渡った空が広がっていて、グラウンドの隅《すみ》では桜の葉がキラキラと輝いていました。下を見ればちょうどサッカー部が練習に出てきたところで、地面には埃《ほこり》っぽい風が渦巻《うずま》いていて、Tシャツにはまだ少し寒そうで――。とにかく、日向がどんなに元気だろうと、決してまだ海の時期ではない。

「ほら」

外を指差すと、はじめはキョトンとしていた日向が小さく吹き出しました。それからものすごい勢いで笑いだしたのです。

「えっ、なに？　なんで笑ってるの？　私、なんか変なこと言った⁉」

3年生になるころには、自分が変なことを言ったのだとすっかり理解していました。

日向が考えていたことは、本当に簡単なことではなかったのです。地元のビーチはまだ寒いだとか沖縄《おきなわ》なら海開きしてるだとかそういう話ではなくて、私がぼんやりしているあいだに、彼はなんとひとりでブラジル行きを決めていたわけで。

ブラジル。

同じ学校の、同じ部活の仲間がいきなりブラジルって、あまりにも真裏《まうら》すぎてとっさには主食もわからない。でも日向が言うには、烏養《うかい》コーチや音駒《ねこま》の監督や、たくさんの人たちが手助けしてくれてるから大丈夫、らしいです。「大丈夫」のスケールは人によってかなり違うのだと知りました。私は東京《とうきょう》に行くだけで大丈夫じゃないけれど、日向なら、酸素のあるところだったらとりあえず大丈夫だったりするのかもしれません。

閑話休題《かんわきゅうだい》。そしてそのたくさんの助けてくれた人たちの中に、なんと白鳥沢《しらとりざわ》の監督までが名を連《つら》ねていると知って、私はかなり驚きました。だって同じ地区の対戦相手なのにです。音駒だったら、東京だからまた話が別だけど、ライバル校白鳥沢の、しかもあのものすごく怖《こわ》そうなお爺《じい》ちゃんが……と驚いてから、でもすぐに納得します。

「日向には、周《まわ》りを動かす力があると思う」

たしか練習後の坂《さかの》ノ下《した》商店で、私は日向にそう言ったと思います。イートイン、という言葉が似合わない机で、ほかほかのあんまんを頬張《ほおば》りながら。

「周り？」

「うん。周りの人たちが、日向のために動くというか」

日向は「んー」と少し考えたあと、静かに言いました。

「だとしたら、それはきっと、おれが下手《へた》だからだな」

「え？」

あんまんの裏の紙をはがしていた手を止めて聞き返すと、日向は肉まんをごくりと飲みこんでから私を見ました。

「だって、すごい奴《やつ》のこと助けなきゃって思わないだろ？　ウシワカとか」

「え？　……ああ、うん、ウシワカさんだったら助ける必要ないかも。ひとりで勝手に世界一にでも宇宙一にでもなりそう。というか、あのすごい人を助けるって……ウシワカさん以上の人じゃないとウシワカさんを助けられないわけで……。だとすると、もしかしてすごいってとても孤独で怖いことかもしれない。よかった、私はすごくなくて。すごいと大変だ……」

うっかり意識の低い結論にたどり着いてしまって落ちこんでいると、日向は言いました。

「影山《かげやま》もそうなんだ」

「影山くん……？」

そのとき影山くんは同じテーブルにはいなくて、たしかパンを選んでいたと思います。パンの棚《たな》の前に立つ「烏野《からすの》高校排球部《はいきゅうぶ》」を背負《せお》った後ろ姿を見て、日向が言ったことを覚えているから。

「すごい奴は、ひとりでどんどん先に進んでいく」

そして、こう続けました。

「でも、おれはそうじゃない」

そうだろうか。私の目には、日向こそ、周りを巻きこんでどんどん先へ進んでいる気がしました。まるで台風のように大きく大きく成長しながら、ものすごいスピードで。

たぶん、私も巻きこまれたうちのひとりなんだと思います。日向がいなかったら、バレー部のマネージャーになれていたかどうかもわからない。日向のそばにいると、自分も動かずにいられなくなる——。彼にはそういう力があるんだと思います。

太陽は私たちを温めるために宇宙にあるわけじゃないように、日向もべつに私たちを動かそうとしているわけじゃない。それでも結果として、私たちは温められ、動かされている、という感じで。


「あ、英語とポルトガル語のほうはどう？　進んでる？」

あんまんの裏紙を小さくたたみながら訊《たず》ねると、日向の顔色が明らかに変わりました。

「うー、ぼちぼち。谷地さんは？　受験勉強」

「ははは、同じくぼちぼち、です」

「お互い、がんばりたいものですな」

「お互い、ね」

「はは」

「ははは」

「はあ……」

今にして思えば「お互い」なんて言って笑いあっていても、私と日向では見ていたものが違ったのだと思います。あんまんを選ぶか肉まんを選ぶかとかそんな違いではなくて、目の前の部活と受験とでいっぱいいいっぱいだった私と、はるか先の自分を見ていた日向との違いというか。

日向が見ていたのは、目の前のことだけではありませんでした。時間も空間も、どちらもとても広く、遠くを見て、いつでもどこへでも足を踏み出せるように準備をしていたのでしょう。試合中、虎視《こし》眈々《たんたん》とコート上のすべてを見ているように。そして、彼はいつも思いがけない場所に突然現れるのです。私なんかには追いつけっこないスピードで。
村人Bとは違います。

そして、それは影山くんも同じでした。みんな、影山くんは進学してバレーを続けるものだと思っていたのに、そして実際に大学から引く手数多《あまた》だったのに、なんと彼が選んだのは一足飛《いっそくと》びでのVリーグへの道だったのです。

「影山、あいつ、なんにも言わねーの！」
3年の終わり、Vリーグ入りの話を聞いたあと、日向はなぜかちょっと怒っているように見えました。子供みたいに校舎の裏で小石を蹴《け》ったり、植えこみの葉っぱをブチブチとちぎったりしていて、もしかしてただ驚いていたか興奮していただけなのかもしれませんが。

「シュヴァイデン……アドラーズ……だっけ？」

Vリーグのことはよく知らないので訊ねると、日向は葉っぱのかけらを捨てて頷《うなず》きました。

「うん」

返事はそれだけで、話はすぐに影山くんのドライさの件に戻ってしまいます。

「仲間なら、決める前にひと言《こと》あるものでは⁉」

「そう……なの、かな？　まあ、影山くん、ふだんからあんまり喋《しゃべ》らないしね。べつに隠していたわけじゃないと思うよ。あ、日向はブラジル行きのこと影山くんに相談してたの？」

すると、日向は「え？」とびっくりしたような顔をして、それから首を振りました。

「いいえ。とくには」

「じゃあ同じだよ‼」

「違うって！　だって……あれ、同じかな？　んー？」

ふたりは変だ、と思う。

そして、まったく似ていないようで、すごく似ている、と思う。

ふたりは休日に一緒に遊んだりするような仲ではありません。仲が悪いわけでもないけれど、友達なんて感じではまったくない。月島《つきしま》くんと山口《やまぐち》くんは友達同士って感じがするけれど、日向と影山くんは、もっとなにか別の関係のような気がする。

仲間、チームメイト——。いや、もっと、ナイフとフォークとか、時計の長針と短針とかのほうが近いかもしれない。たとえ会話がなくても、しっかりと同じ目的で動いているというか——。いや、下手に例《たと》えようとして、よけいにわかりにくくなるやつに陥《おちい》ったかもしれません。

とにかく、男子たちのことはよくわかりません。かといって、じゃあ女子のことならわかるのかと問われると、それはそれで不安になってしまうのですが……。

ということで、わからないことばかりの私には訊《き》くことしかできません。

「ご家族には、ブラジル行きのこと、どう相談したの？」

家族への相談。部活に入ることを伝えるのさえひと騒動だった身には、ひとりで海外へ、それも旅行なんかじゃなくて武者《むしゃ》修業に行く相談だなんて、ちょっと想像しただけで心拍《しんぱく》数《すう》が上がってきます。心臓止まる。

「んー、相談っていうか『行くから』っていう話はした」

軽いよね？

そんな、何年も地球の裏側へ行って帰ってこないのを、ちょっと友達とスーパー銭湯《せんとう》にでも行くようなテンションで？

「……それは相談っていうか、ただの報告だよね。びっくりしてなかった？」

「もう、妹が大騒ぎ」

「だよね、心配だよ」

「いや、なんか心配というか、自分もリオのカーニバルに出たいとか、あの羽の衣装が着たいとか、兄ちゃんばっかりずるいとか、そういう」

「あの衣装はまだ早いのでは！」

高校生のころは、そんな話しかしていませんでした。そして大学に入ってからは、連絡は取っていても会うことは少なくなっていて――。

　だから、いざ出発の日にちが伝えられたときには、前々から覚悟を決めていた日向よりも、たぶん私のほうがあわてたんじゃないかと思います。あわてたというか、動悸《どうき》がものすごくて死ぬかと思った。


　そして大学2年の春、ついに出発の日がやってきました。

　バイトを終えてから向かった待ち合わせのコーヒーショップで、ひとりキョロキョロしていた私を、かつてのチームメイトたちはすぐに見つけてくれます。

「ここここ！　ここ空《あ》いてるよ、座って。場所、すぐわかった？」

　笑顔で手を振る山口くんの隣で、月島くんも電源に繋《つな》いだスマホから目を上げます。

「ども」

　変わらない。そんな簡単に人が変わるわけもないけど、あまりの変わらなさにホッとしてしまう。私もまったく変わらず、キョロキョロバタバタしているのだけれど……。山口くんも、足音で私に気づいたんだったらどうしよう。

思わずしずしずとテーブルに向かうと、ふたりのコーヒーの他にも、あともうひとつメロンソーダのグラスがあるのに気づきました。

「これは?」

「日向」

月島くんがぶっきらぼうに答えて、目でトイレを示します。

「きっとこうなるってわかってるのに、なぜ冷たいものを……。大丈夫かな、飛行機のなかでも、向こうでも……」

「なんとかなるでしょ。生命力の塊《かたまり》みたいな生き物だし」

日向は日向で、月島くんは月島くんのままです。心配と、安心と。

そのとき山口くんのスマホが鳴りました。

「コーチからだ。あ、先生とコーチはちょっと遅れるって。先生、新学期の準備に追われて大変みたい」

「そっか……」

しばらくすると、よろよろとトイレから出てくる日向が見えました。どうやら重症ではなさそうで、こちらに気づいて手を振ったりしています。よかった。あと先生とコーチが来たら、今日のメンバーが全員揃《そろ》うことになります。

そう、これで全員です。

「影山、残念だよね。ちょうど鹿児島《かごしま》で合宿なんだって」

今日の連絡係になってくれた山口くんが教えてくれました。夏のリオオリンピックに向けての合宿なのでしょう。オリンピックってテレビで見るものだと思っていたのに、知り合いが出場するなんてちょっと不思議な感じです。絶対見よう。開会式も忘れずに見よう。夜中じゃないといいけど。

「で、来月はアメリカ遠征って言ってた」

笑って続けた山口くんの言葉に、日向が「日本代表め……」と、悔《くや》しそうに顔をしかめます。思わず笑ってしまいましたが、そこで私は気づきました。

「えっ、じゃあ南アメリカに日向、北アメリカに影山くん……ってこと?」

TOILET

「変人ふたりが地続きとか、縁起ワルい……」

そう言った月島くんの、間違ってきらいなものでも口に入れてしまったような顔を見て、日向がぴょこんと立ち上がりました。

あ、また月島くんになにか言い返して、それで逆に言い負かされるのかな、と見ていると、日向は目をまん丸にして言ったのです。

「えっ、北アメリカと南アメリカって地続きなの⁉」

日向の言葉に、月島くんの顔が、今度はきらいなものをムリヤリ飲みこんだみたいにゆがみました。

「……この人、本当にひとりで海外にやって大丈夫なワケ？」

「だって大陸ってさ！」

「じゃあ、出発まで大陸の定義について話しましょうか」

月島くんが鼻で笑うと、日向はスッと一歩下がりました。

「いえ、けっこうです」

それは懐《なつ》かしさに頭がクラクラしてくるような光景でした。

みんな本当に高校生のときからなにも変わっていなくて、明日からまた朝練があるような気すらしてきます。もちろんそんなわけはなくて、明日の朝には、私たちは大学で、影山くんはオリンピックの合宿で、日向はまだ飛行機の中でしょう。いったいどこの国の上空にいて、そこは朝なのか、昼なのか、夜なのか――。

成田《なりた》行きのバスの時間が近づいてきて、私たちはコーヒーショップを出ました。もうまっ暗です。成田空港に着くのは朝、日向はバスの中でちゃんと眠れるでしょうか。

駅前通を渡り、バスセンターに入ると、荷物を持った人たちを縫《ぬ》うように女の子がひとり駆け寄ってきます。「兄ちゃーん！」という元気な声で、日向の妹、夏《なつ》ちゃんだとわかりました。

日向の前でピタリと止まった夏ちゃんは、人差し指をピンと立てたかと思うと、いきなり大きな声で言います。

「生水《なまみず》は！」

「飲まない！」と間髪《かんはつ》入れずに日向。

「ポケットには！」

「貴重品を入れない！」

「人混みでは！」

「スリに気をつける！」

「合格！」

ブラジル一問一答。

元気な夏ちゃんの姿に「妹のほうがしっかりしてる」と山口くんが笑い、日向のお母さんが「こら」とやさしく夏ちゃんの手をとります。

「邪魔しないの、夏。みんなせっかく集まってくれたんだから」

「邪魔してるわけじゃないよ！」

ちょっとふくれた夏ちゃんの可愛《かわい》さに、心のもやがちょっと晴れた気がしました。というのは——、先生たちのことが心配だったのです。早くしないと、そろそろ見送りに間にあわなくなってしまいます。

「兄ちゃん、トビオは？」

「あいつは来てない。おれよりオリンピックを取った男……」

などと言いあっている日向兄妹《きょうだい》を横目に見つつ、私はそっと月島くんに声をかけました。

「あの……」

「なに」

「大丈夫かな、時間」

そう言っただけで、月島くんは先生たちのことだとわかってくれたようでした。みんな考えていることは同じだったのでしょう。

「いざとなったら、日向にバスを追いかけさせればいいし」

出発したバスを追いかけて走る日向が見えるようでした。スパイダーマンみたいに、そのまま屋根に飛び乗ったりしそう。だけど……。

「こんな人通りの多いところで日向を走らせたりしたら、ケガ人続出になってしまう！」

真《ま》に受ける私を見て、月島くんはあきれたような顔をしました。

「今生《こんじょう》の別れじゃあるまいし、いくらでも連絡できるでしょ」

理性。

これぞ月島くんという冷静さです。

もちろん私も頭ではわかっていました。バスだって空港だってどこからだって連絡できるし、ブラジルに着いてからはもちろん、Ｗｉ－Ｆｉがあれば飛行機の中からだってメールができる。

でも地球規模で遠く離れる日向のことを思うと、先生やコーチにもちゃんと挨拶《あいさつ》できるといいな、と思ってしまいます。

と、係員のアナウンスが聞こえました。

「成田空港行きご利用のお客様――」

夏ちゃんが日向を見上げました。

「兄ちゃん、バス出るって！」

「うん、でもまだ、もうちょっと待って」

日向が壁の時計を見ます。

私も、祈るような気持ちで入り口を確認しました。そのときです、ガラス張りの窓越し、道路の向こうによく知ったふたりが走っているのが見えました。

信号を渡り、烏養コーチが駆けこんできました。

そして外へ向かって「先生、急げ！」と叫びます。周りのお客さんたちが、なにごとかと入口を見ました。みんなの注目のなか、懐かしい武田《たけだ》先生も入ってきました。

「先生！　コーチ！」

日向がブンブンと手を振って飛《と》び跳《は》ねました。

人にぶつかっては謝り、謝っては別の人にぶつかりながらやってきた武田先生は、ズレた眼鏡《めがね》を直しながら、挨拶《あいさつ》もそこそこに私たちに向かって喋《しゃべ》りだしました。

「君たちが入部してすぐ……」

そして私を見て「谷地さんはまだいませんでしたね。そして、影山くんがいた」と、息を落ち着けます。

「あの春、青葉城西《あおばじょうさい》高校との練習試合を目《ま》の当《あ》たりにして、僕は思いました。何かすごいことが起こってるって」

月島くんと山口くんが、チラリと目を合わせたのが見えました。先生は小さくうなずいて続けます。

「ひとりとひとりが出会うことで、化学変化を起こす、って。北の片田舎の、ごく普通の高校の、ごく普通のバレーボール部で、そんな世界を変えるような出会いがあったんです。きっと今、この瞬間も、どこかでそんな出会いが生まれていて、それは……」

「……地球の裏側かもしれない」

そう言ったのは月島くんでした。山口くんが訊きます。

「え？」

「試合のあと言ってたデショ、先生」

「そ、そうだった？　さすがツッキー……」

ふたりのやりとりに、私はつい笑ってしまいました。そんな気持ちになるような試合を見ていなくて、ちょっと残念だな、と思いながら。

「日向くん」

先生は日向に向きあって言いました。

「地球の裏側でも、たくさんの出会いが待っているはずです」

「……ハイ!!」

「『遠きに行くは必ず邇《ちか》きよりす』ですよ。決して焦《あせ》ることなく、一歩一歩を着実に積み重ねていきましょう。君には君の道があります」

そう言って日向の手を取った先生を見て、烏養コーチが笑いました。

「俺からは、もう何も言うことはないみたいだな。強《し》いて言えば、よく食って、よく寝ろ、ムリはするな。それだけだ」

「ハイ!」

ピンと背筋を伸ばした日向のTシャツを、夏ちゃんが引っ張りました。

「兄ちゃん、急いで!」

「そうだ!」

「あっ、僕らのせいですみません! 急いでください!」

武田先生が、日向のお母さんに頭を下げながら日向の背中を押し出しました。その日向はさっき発券された乗車券を見て、今さら首をかしげたりしています。

「あれ、何番だっけ、乗り場……」

「もう、兄ちゃん！」

「……乗り損《そこ》ねたら面白《おもしろ》いのに」

「ツッキー！」

「いいから急げ！」

「すみません！　僕らのせいで！」

みんなそれぞれに別れを惜《お》しんでいました。名残惜《なごりお》しくて、もっと一緒にいたくて、でも、気持ちよく送り出したい。みんな同じ気持ちだったと思います。

そして私は、今にも歩きだしそうな日向を前に焦っていました。

私もなにか言わなきゃ……！

でもなにを言えばいいんだろう。

しっかりと目的を持ってひとり旅立つ日向に、私ごときがなにを言えるんだろう……と思うと、なかなか言葉が出てきません。たくさんの感情が次から次へと湧《わ》き上《あ》がってくるのに、どれも今言うことじゃないような気がしてしまうのです。

ぐずぐずと思い悩んでいるあいだにも、日向は歩きだします。他の乗客の方々も急いでいて、ここにいたら邪魔になってしまう。

どうしよう、なんか言わなきゃ、なんか、なんでもいいから……。

「あ、あのっ、日向！」

なんとか名前を呼んで、でも、そのあと出てきた言葉は本当に月並《つきな》みなものでした。

「がんばって！」

私はなんでこんなことしか言えないんだろう。もっと気の利《き》いたことが言えたらいいのに。これまで何度も日向に背中を押してもらったみたいに、私も日向の力になれたらいいのに。でもこれだけです。

がんばって。

私に言えるのはそれだけでした。それだけだけど、お祈りでもするようにギュッと拳《こぶし》を握《にぎ》って、せめて、もう一度。

「がんばってね！」

すると、振り返った日向は言いました。

「うん、谷地さんも！」

「え、私も⁉」

驚く私に、日向は笑って応《こた》えます。

「当然！」

「………！」

まさか、当然だったとは。

でも、そう言われると心が震えました。日向には、人を巻きこむ力があって、そばにいると、なぜか自分も動かずにいられなくなってしまう――。

気づくと、私は手を挙《あ》げていました。

「……ハイ！　村人Bも、がんばります！」


そして日向は、みんなに見送られて夜の街《まち》を旅立ちました。これから2年間、しばしの

お別れです。

「行ってきます！」

最後にもう一度だけ振り向いて大きく手を振り、弾《はず》むようにバスに向かう日向は、なんだかもう、そのまま、遠く、高く、どこまでも飛んでいけそうに見えました。

彼はきっと、ブラジルでも周りの人たちを巻きこんでぐんぐん成長していくのでしょう。

ああ、まだ見ぬブラジルの人たちに今すぐ伝えたい。

さあ、日向がそちらに向かっています。どうぞ覚悟して待っていてください！　って。

軌跡1 ゾビッシュ爆誕!!

夜の帳《とばり》が落ちる刻《とき》。

ひとりの剣士が目を覚ます。

偽《いつわ》りの死を知ったが故《ゆえ》に、真の死を知らぬ剣士が――。


「……って、まだ夕方じゃねーか。このバカガラス！」

瘦《や》せた灌木《かんぼく》のもとで目を覚ました男が、傍《そば》のちいさなカラスを怒鳴《どな》りつける。

男の身体《からだ》は、全身を覆《おお》う襤褸布《ぼろぬの》――かつてはマントだったのだろう――にすっぽりと包まれていた。

「西日で火傷《やけど》したらどうすんだよ……」

と、襤褸布で日差しを遮《さえぎ》る男に向かって、カラスが申《もう》し訳《わけ》なさそうに鳴く。

「まあ、いいさ。もう火傷する身体もないんだ」

男が笑うと、カラスは黒い羽根を羽ばたかせ、先んじて空へ飛び立った。

その姿を眩《まぶ》しそうに目で追い、男も立ち上がる。

「しょうがない、行くか」

歩きだした男の体躯《たいく》は、襤褸布に覆われていてもわかるほどに細く華奢《きゃしゃ》だった。

そして、その背中には一振りの剣。

ひと目では、剣だと気づかないほどに巨大なその剣は、瘦軀《そうく》の男には似つかわしくない。

「車でも通んないかな……って、今ガソリン持ってる奴《やつ》なんて、マトモな奴のわけないか……」

男が見据《みす》えた先に、道はなかった。

煙たく渇《かつ》えた荒野がどこまでも広がる死んだ世界を、男は今日も独《ひと》り歩きつづける——

「うん、いいんじゃない？　いいんじゃない？　物語が始まった感じするんじゃない？」

興奮した面持《おもも》ちでドリンクバーのおかわりに立ち上がったのは、新人漫画家の宇内天満《うだいてんま》だった。コーラのグラスを手にテーブルに戻ると、宇内はネームの続きにとりかかる。

ファミレスのテーブルに置かれた道具は、ノートと鉛筆、そして消しゴムだけ。

開かれたページに見える、他人には解読できそうにない殴《なぐ》り描《が》きは、宇内渾身《こんしん》のネームだった。

漫画描いてみたいなー、好きだし。と、大学時代にちょっと描いてみた初めての作品が、新人賞の佳作に入選。担当編集もついてめでたく漫画家デビューとなったものの、なかなか連載までは至《いた》らないのが現実だった。

だが、今、このファミレスで生まれつつある『ゾンビ剣士ゾビッシュ』には、これまでにはない手応《てごた》えがあった。

「……死ぬこと以外、かすり傷だ？　イキってんな……いや、羨《うらや》ましいぜ、死ねる身体がよ、かな……」

ぶつぶつと台詞《せりふ》を喋《しゃべ》り、主人公になりきってコロコロと表情を変えている宇内を、ファミレスの他の客がチラチラと気にしている。

だが、そんな視線にかまってはいられない。

ゾビッシュは今から、敵に襲《おそ》われているヒロインを、めちゃめちゃ格好《かっこう》よく大見得《おおみえ》をきって助けなくちゃいけないのだから。

それに敵はゾビッシュがゾンビになる前からの因縁《いんねん》の相手じゃなくちゃいけないし、ヒロインはゾビッシュがゾンビから人間に戻るためのキーパーソンじゃなくちゃいけないし、当然、可愛《かわい》くて、ちょっと気が強くて自分でも戦おうとするような感じで、でも守ってあげたくなる女の子じゃなくちゃいけなくて——

一閃《いっせん》。

少女の目で捉《とら》えることができたのは、襤褸布から伸びた白い手が背中の大剣《たいけん》を握《にぎ》ったところまでだった。

頬《ほお》に風を感じて思わず目を閉じ、そして開けると、もう盗賊たちは乾《かわ》いた地面に倒れていた。

「え、これ……。え……?」

なにが起きたのかと少女がうろたえているあいだにも、剣士ゾビッシュは歩き去ろうとしていた。

「ちょっと、置いてかないでよ!」

と追いかけて剣士をつかんだ瞬間、襤褸布が破け、落ちる。

現れたのは、彼女が思い浮かべていたイケメン剣士でも、筋骨隆々《きんこつりゅうりゅう》の闘士でもない。

そこにあったのは、一体の骸骨《がいこつ》だった。

「……って、骨!? なんで骨! 骨! 骨って!? え、骨って喋る!?」

「骨だよ! 悪かったな!! 骨で!」

と、剣士は本当にぼろぼろになった布きれを拾って骨格標本そのもののような身体を隠すと、背中を向けて言った。

「ってことで、骨だし、一緒には行けねえから、自分の身は自分で守れよな。じゃ」

一瞬で盗賊の集団を斬《き》り捨《す》てた〝骨〟が、たったひとりの少女から逃げるように歩き去ろうとしていた。

そのヒョロヒョロとした頼りない背中と巨大な剣とをじっと見つめていたかと思うと、少女は叫ぶ。

「……ねえ、骨! あんたって、なんか食べる?」

ゾビッシュはその声に振り返ると、襤褸布を少しまくって見せ、腹のあたりを指差して笑う。

「見るか? 食うとこ。ウケるぞ」

「食べないんだったら……、食料も水も分けなくていいってことだよね」

「はァ？」

「骨でもなんでもいいよ、こいつら斬ってくれるなら。骨、なんか強いし」

そう言って、少女は地面に倒れている筋骨隆々とした鉄鋲《てつびょう》モヒカンの盗賊連中を指差した。そしてつけ足《た》す。

「破いちゃったやつ、縫《ぬ》わなきゃだし……」

ゾビッシュは、その硬《かた》い頭蓋骨《ずがいこつ》をちょっと歪《ゆが》ませて笑った。

「俺が強いんじゃなくてこいつらが雑魚《ざこ》なだけだが、この布は、直してもらうか」

その言葉に、少女が駆け寄る。

渇えた死の世界に、ふたつの足跡《あしあと》が伸びる。

その上空を、一羽のカラスが見守るように旋回《せんかい》していた。


ゾビッシュの旅は、まだ始まったばかりだ!!

「赤葦《担当》さん、なんて言うかな……」

と、かつての『小さな巨人』は、ファミレスから家へと戻り、着の身着のままで久しぶりの布団《ふとん》に倒れこんだのだった。

BJ《ブラックジャッカル》ファン感謝デー

もちろんMSBY《ムスビィ》ブラックジャッカルのロッカールームは、高校の部室に比《くら》べるとはるかに広々として機能的である。しかしそれでも選手全員が一度に集まる練習後は、騒がしく暑苦しい。

アウトサイドヒッター木兎《ぼくと》光太郎《こうたろう》が、隣に声をかけた。

「このあとどうすんの？」

「メシです！」元気に答えるのは、BJ《ブラックジャッカル》期待の新人、日向翔陽《ひなたしょうよう》。

「んじゃ、一緒に肉行くか」

「いいですね！　肉！」

日向が話に乗ると、

「俺もいい？」

「え、肉？　焼肉？　ステーキ的なやつ？　まあどれでも行くけど」

と、次々に賛同の声が上がり、肉！　肉！　肉！　と、ロッカールーム内に肉が伝播《でんぱ》していく。暑苦しいのは部屋の広さとは関係ないのかもしれない。

その盛り上がりのなか、よく通る関西弁が聞こえてきた。

「ちょっと聞いてやー」

なんだろう、どこの店の話だろうと、みんなが声の主《ぬし》を見る。その視線の先に立っていたのは、セッター宮侑《みやあつむ》。みんなの期待に溢《あふ》れる目を確認した侑は、うんうんと満足そうに頷《うなず》くと、口を開いた。

「あんな、今年のファン感な」

ファン感――ＢＪファン感謝デーのことである。

写真撮影にサイン会、プレゼント大会、そして選手とのバレー体験と、さまざまなプログラムでファンの皆さんと触れあい、楽しんでもらう、年に一度の大イベントだ。

しかし侑が話しだす前に、木兎が口を挟《はさ》む。

「あ、ごめん。ツムツムさ、今ちょっと肉で忙しいからあとでいい？」

木兎の軽い口調に、侑はムッと不愉快そうに顔をしかめた。

「はァ？　肉で忙しいってなんやねん、日本語おかしいやろ」

「え、そう？　ごめんごめん！　でも、俺ら早く肉決めしたいから、手短《てみじか》に頼むね？」

言うまでもないことだが、もちろん木兎もファン感は楽しみで、めちゃめちゃ遊びたおしたいし、誰よりも目立ちたい。

だが今は肉なのであろう。

目の前のことでいっぱいになってしまい、他が見えなくなるタイプの人間というのは確かに存在する。

「……なんや肉決めって。東京人の風習、ようわからんわ」

ぶつぶつと文句を言いつつも、侑は続けた。

「でな、ファン感のテーマ、考えてきたんやけど」

「テーマ⁉　なんですか？」

グッと身を乗り出してきた日向に気をよくして、侑はじらすようにちょっと間《ま》を置いてから言ったのだった。

「……破壊と再生、ってどうやろ」

その瞬間、侑に集まっていた全員の視線が、すっと逃げるように散った。なにかコメントするのもはばかられる、といった空気が部屋中に充《み》ち満《み》ちる。

「勝手にやって」

と、アウトサイドヒッター佐久早《さくさ》聖臣《きよおみ》がロッカールームを出ていく。

高校時代、全国で三本の指に入るといわれたスパイカー佐久早である。その背中へ、三本指からは惜しくも漏《も》れながらも五本の指には入っていた木兎が声をかけた。

「臣《おみ》くーん、肉はー？」

木兎ののんびりとした声に、佐久早が振り返った。その顔の半分はいつもの感染防止用サージカルマスクに覆《おお》われているが、明らかに面倒《めんどう》くさそうだとわかる。

佐久早はマスク越しに言った。

「ファン感、ハイタッチだけはムリ」

そう言い残して、佐久早は足早に去っていったのだった。

ぱたりとドアが閉まってから、木兎がハッと気づく。

「いや、ファン感じゃなくて、肉の話ー！」

他の選手たちもすっかり肉の話に戻って、羊《ひつじ》ならどこの店がいいだとか、安いのはどこだとか、いやや、安さよりやっぱり味だろう、いや量じゃね？　などと、のんきに言いあっている。

「人の話聞けや！」

すっかり無視された侑がわめいた。

みんな、ファン感に興味がないわけでも侑に意地悪をしているわけでもない。ちょっとタイミングが悪かったのだ。練習後の空腹時、肉の話が始まったところできり出す話題ではなかったというだけなのだ。

その勝手気ままなチームメイトたちを、日向が困ったようにキョトキョトと見回していた。まだ入団したばかりで勝手がわからず、事の次第《しだい》を見守ることしかできないのだろう。

さて、今年のファン感謝デーはいったいどうなるのか——。

そして、あれよあれよという間にファン感謝デー当日である。

今年のファン感会場に選ばれたのは地元の遊園地。晴天に恵まれて、野外特設ステージには家族連れから中高のバレー部員らしき若者まで、この日を楽しみにしていたという顔がぎっしりと並んでいる。もちろん、練習の合間を縫《ぬ》って準備を重《かさ》ねてきた選手たちも開演を待ちきれずにすっかり興奮していた。

待機していたステージ袖《そで》から満員御礼《おんれい》の客席をのぞいて、木兎が目を輝かせる。

「ついに初日!!」

「……初日もなにも、今日1日だけや。ちゅうか、たいして準備もせんで、なに急にやる気になっとんねん。お前は肉食うとったらええやろ」

背中を向けてしゃがみこみ、ブツブツと文句を言っているのは、満を持して提案したファン感テーマが不採用となった侑である。全身から不穏《ふおん》な空気を醸《かも》し出《だ》していた侑だったが、「そろそろ準備お願いしまーす」というスタッフの声に、しぶしぶ立ち上がる。

その隣で日向がぴょこんぴょこんと跳《と》んでウォーミングアップを始め、佐久早は不承不《ふしょうぶ》承《しょう》マスクを外《はず》す。ストレッチをしている黒いジャッカルの着ぐるみは、ＢＪのマスコット、ジャカ助《すけ》だ。そしてスピーカーから軽快な音楽が鳴り、選手たちが「行くぞ」と確かめあったそのとき――スタッフの指示を無視して木兎がステージに駆けだした。

日向が叫ぶ。

「ちょっ、木兎さん！　まだでーす！」

さあ、ファン感謝デーの開幕だ。

まず最初のプログラムは、メンバーの自己紹介。

ユニフォーム姿の選手たちが順番にステージに現れては、司会のスタッフと軽妙なやりとりを見せる。木兎が持ち時間をオーバーして喋《しゃべ》り倒《たお》し、侑の登場に女性ファンがキャアと喜ぶ。試合中じゃなければ、侑も愛想《あいそ》笑《わら》いくらいは見せるらしい。そしてほとんど喋らない佐久早の出番でもそこそこ盛り上がっているように見えるのは、司会の腕であろうか。

そして最後に、近日デビューの新人・日向の順番が回ってきた。

「………!!」

緊張が極《きわ》まり、右手と右足、左手と左足とを一緒に出すスタイルでステージに現れた日向は、マイクを受け取ると直立不動で喋りだした。

「せっ……背番号21、日向翔陽22歳です！　好きな食べ物は、卵かけごはんですっ！」

子供である。

客席も、初めはギクシャクとしたルーキーを微笑《ほほえ》ましそうに見守っていたが、日向の緊張が移ってきたのだろうか、次第《しだい》に静かになってしまう。

しかたのないことかもしれない。デビュー前の日向は、まだ誰にも知られていない。ファン感謝デーの会場でただひとり、まだひとりもファンのいない男。それが今の日向だった。超アウェー、孤独である。

「えっと、こないだまではビーチで、あ、じゃなくてブラジルで……」

日向が頑張って喋っていると、静まり返っていた客席からくすくすと笑いが起きた。

「え？　な、なんですか？」

日向がキョロキョロしているうちにも、少しずつ大きくなっていくその笑い声は、いつしか爆笑に変わった。

「えっ⁉　おれ、なんかした⁉」

しかし客席に渦巻《うずま》く笑いの原因は、日向ではなかった。

ステージの袖から木兎がピョコピョコと顔を出していたのである。そして、しまいには、呼ばれてもいないのに勝手に舞台に出てきたのである。さすがの日向も気がつく。

「ぼ、木兎さん⁉」

木兎は、驚く日向の背中を豪快にバンバン叩《たた》いて咳《せ》きこませ、マイクを奪《うば》いとると言った。

「この日向は、俺の弟子《でし》‼」

その言葉に、客席が沸《わ》いた。

はっはっはと日向を指差し、「こいつ、俺の弟子！」と、なぜかもう一度同じことを言って木兎が豪快に笑う。

木兎のこの突飛《とっぴ》な行動は、もちろん緊張している弟子を助けるためでも、新人の認知度・好感度を上げてやろうという親切心からでもなかった。ただ自分が前に出たくて、目立ちたくて、もう辛抱《しんぼう》たまらず出てきただけである。

しかしこのサプライズにより、客席は「そうかー、弟子だったかー、がんばれよー」という、ほんわかとした雰囲気になり、海のものとも山のものともつかぬ小さな新人・日向をあたたかく受け入れることとなったのだった。人生万事結果オーライである。

すっかり客席があたたまったところで、次のプログラムが始まろうとしていた。

ステージに並んだのは80年代ふうのファッションできめた美女たち——ではない。肩パッド入りの原色ボディコンスーツにワンレン、そしてパンプスで完璧《かんぺき》に武装したブラックジャッカルの面々だった。

観客全員が同時に思う。

——あ、バブリーだ。

スピーカーから往年のヒット曲が流れ、客席がドッと沸く。ブルーのアイシャドウに眉《まゆ》強めのメイクで揃《そろ》えた選手たちがいっせいに腕を突き上げると、歓声《かんせい》はさらに大きくなった。

選手たちはロングヘアのカツラを振り乱し、揃いのパンプスでステップを踏む。

観客が立ち上がり、手拍子《てびょうし》が起きた。かなりの数の悲鳴が聞こえてくる気もするが、それでも客席の誰もが、笑顔でスマホやタブレットを掲《かか》げ、撮影している。

ステージの上も客席も、みんな楽しんでいた。

よかった、本当によかった。

練習は大変だったのだ――。


「ちょっと音楽止めて！」

早朝の練習場に木兎の声が響《ひび》くのは、毎度のことだった。ワンレンのカツラをかぶり、練習だというのにしっかりと化粧までした木兎が、侑を指差して怒鳴《どな》る。バレーの練習では決して見せない顔だ。

「ツムツム！　こういうのは、照れて適当にやるのがいちばんダメ！　格好《かっこう》悪い！」

「アホか！　こんなんやってられるかっちゅうねん！」

茶髪《ちゃぱつ》のカツラを脱《ぬ》いで床に投げつける侑に、木兎がせまる。

「やってられる！　やって！」

「やらへん！　ていうか、こないだから言おう言おう思っとったんやけどな……」

と、侑は木兎を睨《にら》んだ。

「その口紅《くちべに》、ぜんぜん似合ってへんで⁉」

「な、なにを⁉」

恥ずかしそうに両手で口元を隠す木兎に、拳《こぶし》で自分の口紅をぬぐい取りながら侑が詰《つ》め寄《よ》る。

「そのピンク、浮いとるやんか！」

「違うって！　これはこれでいいの！　ちゃんと当時のメイクを再現してんの！」

すっかりお馴染《なじ》みとなった木兎と侑との諍《いさか》いを見物しながら、他の選手たちはチャンスとばかりに休憩に入るのだった。

年上組の明暗修吾《めいあんしゅうご》と犬鳴《いぬなき》シオンが、水を飲みながら駄弁《だべ》る。

「確かにあのピンクはないなーって思ってた。木兎、イエべだからさ」

「なにそれ、明暗くん」

「なんか、あるんだよ、自分に似合う色みたいなのが。犬鳴はブルべかな」

「なにそれ、どっちがいいの？」

犬鳴が訊《き》くと、明暗は乱れたカツラを手櫛《てぐし》で整《ととの》えながら答えた。

「いい悪いじゃないって、自分に似合う色だから。イエローベース、ブルーベース」

「よくわかんないな」

「シオンはその色、似合っててていいよなー」

「ぜんぜん嬉《うれ》しくないな、それ」

先輩たちがのんびり気ままに休んでいるあいだにも、木兎と侑のバトルは続いていた。

「ツムツム……。さては、俺のほうが美人だから嫉妬《しっと》してるんだな！」

「な、なんやと⁉」

顔色を変えた侑に、木兎が追い打ちをかける。

「俺の美しさの前に、ひれ伏《ふ》したということだろ！」

「ちゃうわ！　なにがどうなったらそうなんねん！　誰の目にも俺のほうが美人やんけ！」

「ハン！　逃げる男がなにを言っても負け犬の遠吠《とおぼ》えだからな！　この遠吠え犬め！」

「あァン⁉　吐いたツバ飲まんとけよ、吠《ほ》え面《づら》かかせたるからな‼」

そしてついに、侑は床でぐるぐるとトグロを巻いていたカツラをつかみ、すっぽりとかぶり直した。

一件落着である。

フンっとふてくされつつもダンスの定位置についた侑を見て頷くと、木兎は言った。

「日向、音楽スタート！」

「じゃ、もっかい最初っからいきまーす！」

撮影係と音楽係を兼《か》ねる日向が三脚の後ろで手を振り、休んでいた選手たちが立ち上がる。

もう何十回と聴《き》いたイントロが流れ、ダンスレッスンが再開した。

メンバーたちは「さっき木兎が言ってたの、あれ計算ずくでもなんでもなくて素《す》の言葉っぽいのがイヤだよなー」と思いながら踊り、そしてけっこうみんな、踊るのも化粧をするのもけっこう楽しんでいるのだった。

佐久早以外は。


連日の厳しい特訓の成果だろう、ＢＪダンサーズのステップは見事に揃っていた。バレーボール選手たちである、もともと運動神経がいいだけにダンスにキレがあり、長い手足が舞台に映《は》える。そして二曲目に入ると、ボディコン選手たちはいっせいにステージから客席に雪崩《なだれ》降《お》りた。

ハイタッチタイムの始まりだ。

大サービスである。大サービスだろうか。わからないが、観客は喜んでくれていた。大丈夫だ。

客席に「ピースして」「撃って」とデコレーションされたうちわを見つけた木兎はダッシュで駆け寄り、彼女らの至近距離でピースをしまくっている。神対応。しかしよく見ると、「ピースして」の裏には「あつむ♥」と書かれており、神対応ではなくウザ絡《がら》みと取られたかもしれない。どうだろう。わからないが、みんな楽しんでいる。大丈夫だ。

大丈夫だが、観客たちは気づいているだろうか。

客席を駆け回る選手たちのなかに佐久早の姿がないことを——。


「臣くん、ハイタッチがイヤで逃げたな！」

黒髪ワンレンをなびかせた木兎が、流れるようなハイタッチで階段状の観客席を昇ったり降りたりしながら叫んだ。

「それ以前の問題やろ。ボディコンやし」

侑が今にも張ちきれそうな赤いミニスカートをパチンと叩くと、やけにメイクの似合う犬鳴が笑顔で返した。

「そう？　オリバーはノリノリだよ？」

まさかと客席を見まわした侑の目に、ソバージュの髪をかきあげてポーズを決めるオリバー・バーンズが飛びこんでくる。

「ほんまや！　準備してるとき、あんなノリノリちゃうかったやろ！」

「俺より似合う！」

なぜかショックを受ける木兎の視線に気づき、２０７センチのオリバーがつけまつげ重ねづけの目でウインクした。

「Ｈｉ！」

本番で輝くタイプである。


さて、練習中は裏方に徹していた日向が、今日の本番でなにをしているかというと――大きな箱を抱《かか》えて元気に客席を駆けまわっていたのだった。ちなみに日向はジャージ姿である。

「投票箱ここでーす！」

そう、このダンスタイムは選手たちの人気投票も兼ねており、観客の入場時に投票用紙を配っていた。

「いちばん輝いてると思った選手の名前を書いて、投票箱に入れてくださーい！」

「誰が誰だかわかんなかったら、服の色を書いても大丈夫でーす！　あ、ハーイ！　今そっちも行きまーす！」

大声で叫びながらあっちからこっちへ、そしてまたこっちからあっちへと忙しく走りまわっている日向は、気づかなかった。いや、日向だけでなく、駆けまわっていたすべての選手が気づかなかったのだ。

満員の客席の中に、元稲荷崎《いなりざき》メンバーたち数人が紛《まぎ》れこんでいることに――。


「アホやなー」

物販《ぶっぱん》テントで買ったＢＪマフラータオルを首に巻いて、尾白《おじろ》アランがゲラゲラ笑っていた。

「侑もようやるわ、偉い偉い」

「意外と美脚なのがイヤやな」

赤木《あかぎ》路成《みちなり》と大耳練《おおみみれん》も、ビールを飲みながら笑う。

毎年、ファン感謝デーで侑の余興《よきょう》を見るのが彼らの楽しみなのだった。なにが起きても、なんの責任も取る必要がなく、100パーセント他人事《ひとごと》で「アホやなー」「頑張《がんば》っとるわー」と、ステージの侑を肴《さかな》にビールを飲むのは最高の娯楽《ごらく》だろう。

しかし侑の双子《ふたご》の兄弟、『おにぎり宮《みや》』の宮治《おさむ》だけは、いぶかしげにステージを睨《にら》みつけているのだった。

「ツムの目……。あの目、なんかいらんこと企《たくら》んでる目ぇやろ」

しかし他の者たちの目には、侑はただただ生き生きと舞い踊っているようにしか見えないのだった。

さて、投票用紙を回収したあとも日向は大忙しだった。

　みんなの着替えと洗顔を手伝い、舞台裏を探しまわって隠れていた佐久早を連れ戻す。なんにでも出たがる木兎を引き止め、じゃんけん大会では双眼鏡で客席のグーチョキパーを確認。プレゼント大会では客席に降りてプレゼントを渡し、何度言っても出たがる木兎をしかたなくジェスチャーゲームのステージへ送り出す――と、アシスタントとして八面《はちめん》六臂《ろっぴ》の大活躍である。

　日向の奮闘《ふんとう》もあって全プログラムがつつがなく終わり、さてフィナーレは人気投票の結果発表――となるはずだったが、気がつくと今度は侑の姿が消えていた。

「ツムツムめ、負けを認められなくて逃げたか！」

　ユニフォームに着替えた木兎が、勝《か》ち誇《ほこ》ったように笑う。

　集計結果はステージで発表されるはずだったが、木兎がスタッフにしつこくしつこく
「教えろよー、なあ、教えてくれたっていいじゃないかよー、減るもんじゃなしー、ねーねーねー」と食い下がり、ムリヤリ順位を聞き出したのだった。

　結果は、僅差《きんさ》で三位・宮侑、二位・木兎光太郎。

　ファンサービスの神対応（？）が功《こう》を奏《そう》したのであろうか。

しかし、木兎がその結果を自慢しまくった直後の、侑の失踪《しっそう》である。負けずぎらいの侑としては確かに悔《くや》しかったかもしれないが、たかだか余興、逃げるほどのことではないだろう。

侑の失踪に、スタッフたちもあわてて駆けずりまわっている。

「トイレじゃないですか？」

「いなかったです！」日向が即答する。

「控《ひか》え室《しつ》は？」

「見ました！　いません！」

舞台裏はすっかり緊迫《きんぱく》していた。侑の携帯に電話してみると、近くで着信の振動音が聞こえるが、見つからない。どこかに置きっぱなしにして出かけたのだろう。

「ま、いないもんはしゃーないし、２位からの発表にしようぜ。お客さん待ってるしさ」

そう言ったのは木兎だった。

木兎らしからぬ現実的な提案であったが、木兎こそが元凶《げんきょう》である。その場にいた全員がなにか言いたそうな顔をしたが、他に選択肢《せんたくし》もない。

「行きますか」

「そうだな」

かくして、侑以外のメンバー、そしてジャカ助が、手を振りながらステージに出ていったのだった。

さあ、結果発表である。

ドラムロールが鳴り響き、観客たちが固唾《かたず》を呑《の》んでステージを見守る。マイクを握《にぎ》った司会者が、重々しく口を開いた。

「さあ、ブラックジャッカル人気投票、ついに結果発表です。先ほどのダンスタイムで、もっとも自信に溢れ、美しく輝いていた選手は誰でしょうか！」

ずらりと並ぶ選手たちの上を、スポットライトがじらすように行きつ戻りつ照らしていたが、ついにドラムロールが止まる。

「発表です！　……準グランプリ、木兎光太郎選手！　そしてグランプリは、オリバー・バーンズ選手！　皆様、拍手でお迎えください！」

ずらりと並んでいた選手たちの中から、名前を呼ばれたふたりが満面の笑《え》みで舞台中央に進み出る。

ステージ両脇《りょうわき》から放たれた金テープを取ろうと、客席の人々がいっせいに手を伸ばした。ドレスからユニフォームに着替えたオリバーは、ダンスタイムの妖艶《ようえん》さとは打って変わって爽《さわ》やかな笑顔をたたえ、木兎は「え、うそ！　俺⁉　信じらんない‼」という顔をしてはしゃいでいる。マスコットのジャカ助も、ふたりの周《まわ》りを跳びまわって愛嬌《あいきょう》を振りまいていた。客席も大喜びで、この瞬間を残そうとステージにカメラを向けている。

ただ、元稲荷崎メンバーのいる一角だけを除いて——。


尾白が、ビール片手に言った。

「侑は？　あいつどこにおんねん。サボってんのか」

「なんで俺が選ばれへんねん！　て、裏でふてくされてるんちゃうか？」

「見えるわー、その顔」

ほろよいの元チームメイトたちが笑いあうなか、治だけはムッと顔をしかめたままステージを見ていた。

「……そんなタマやないやろ」

「え、なにが？」

尾白が聞きかえすと、治は値踏みをするような目でステージを睨んだ。

「おかしな目ぇしとったんや、なんか企んどる目ぇ……」

「お前の目のほうが怖《こわ》いわ」

尾白がそう言って笑ったときだった、治の目がカッと見開かれた。

そしてにわかに立ち上がり、叫ぶ。

「わかった！　あれや!!　あいつや!!」


侑のいないステージは、今、大団円を迎えようとしていた。グランプリ、準グランプリのふたりがトロフィーを掲げて満足そうな笑顔を見せ、選手たちが拍手で讃《たた》えている。

キャプテンの明暗が、マイクを握った。

「今シーズンも、一戦一戦、大事に戦っていきたいと思います！　みなさん、応援お願いします！　今日はどうもありがとうございました！」

本当にこれで最後の最後と、選手たちが観客たちに手を振ったときだった。

明暗の隣で飛《と》び跳《は》ねていたジャカ助の黒い頭が、ゴロリと落ちた。

「はいィ⁉」

明暗が飛《と》び退《の》き、周りを囲《かこ》んでいた選手たちがいっせいに「なんで！」「大丈夫⁉」とジャカ助に駆け寄る。

壇上《だんじょう》がパニックに陥《おちい》った。

早くなんとかしないと、ジャカ助を守らないと――。

しかしジャカ助は、木兎が拾って被《かぶ》らせようとする頭をなぜかジタバタと振り払うのだった。はたき落とされた頭が再《ふたた》び落ち、ゴロゴロと転がっていく。

ジャカ助が叫んだ。

「やめえや！　いらんねん！　あっついねん‼」

関西弁。

――関西弁？

よくよくジャカ助を見てみると、着ぐるみからぴょこんと飛び出ているのは侑の顔である。

「ツムツム⁉」

木兎が驚くと、侑はハアハアと荒い息をつきながら、なぜか笑うのだった。

「便所の帰りに迷っとったら、ここに出たんや！　こんな近道あんねんな！　だっはっはっはっは！」

着ぐるみに入って跳びまわっていたために、すっかり汗《あせ》だくの顔。そのビショビショの顔で息を荒らげ、ムリヤリ作った笑顔。それははっきり言ってホラーだった。

さらに言えば、侑の顔まで見えない後列の観客からは、もしかして着ぐるみの中の人がただキレて出てきただけに見えたかもしれない。通報待ったなしである。

それでも。

それでもまだこの時点では、ステージ上の選手たちがフォローをすればまだなんとかなったはずだった。上手《じょうず》に、壇上のみんなで力を合わせて、愉快な一幕のように仕立て上げれば――。

しかし、今、ジャカ助のいちばん近くにいたのは、木兎光太郎だった。

木兎は、ぽかーんと侑の顔を見て、それからちょっと引き気味に言った。

「え、なにそれ、ツムツムなにしてんの、やめなよ」

渾身《こんしん》のボケをスルーされ、それどころか素《す》でたしなめられた侑が、凍《こお》りつく。

「……え、なんて?」

首だけ人間の着ぐるみマスコットが、絶句したままステージ中央に立《た》ち尽《つ》くしていた。

これまであらゆるアクシデントに対応してきた司会者も、さっきまで笑顔で拍手などしていた選手たちも、カメラを向けて楽しんでいた観客たちも、みんな呆然《ぼうぜん》として黙りこんでいた。

動いているのは、侑の顔を流れつづける汗だけだった。

今日はとてもいい日だった。

空は晴れ渡り、風もなく、はるか上空を飛行機がゆっくりと横ぎっていく。上着もいらないような陽気で、子供の笑い声やジェットコースターからの嬌声《きょうせい》が小さく聞こえてくる。

まさに完璧な休日と言えた。誰もが今日のこの日を待ちわびていて、一年に一度の、バカバカしくも幸せな時間を楽しんでいたのだ。ついさっきまでは。

「……な、なんでやねん！　なんでこんな寒なんねん!!」

侑が半泣きでジャカ助の頭を拾い、被った。そして脱兎《だっと》のごとくステージから走り去る。暗く暑い着ぐるみの中で、力の限りに叫びながら。

「アランくんさえおったら、きっと拾ってくれたのに……！　なんでおらんのや、アランくん！　アランくーん!!」

いや、アランくんはいた。

「なにしとんねん！」

客席の尾白アランは、全力でステージに突っこんでいたのだ。しかしその声は、逃げ出した侑の元まで届くことなく、パニック状態の客席で煙のように儚《はかな》く消えたのだった。

がっくりと肩を落とした治が、力なく呟《つぶや》く。

「……きっとあれや『破壊と再生やー』とかなんとかゆうて、勝手なことやってぶち壊して怖《こわ》なって逃げたに決まっとるわ」

「なんで俺のボケ拾わんのや！　て、裏でふてくされてるんとちゃうん」

「見えるわー、その顔」

赤木と大耳も、ビールを飲みながら苦笑《にがわら》いする。

毎年、ファン感謝デーで侑の余興を見るのが彼らの楽しみなのだった。なにが起きても、なんの責任も取る必要がなく、１００パーセント他人事で「アホやなー」「頑張っとるわー」と、ステージの侑を肴にビールを飲むのは、やはり最高の娯楽なのだった。

軌跡2　VS担当編集A!!

「普通、ゾンビってガイコツじゃないですよね？」
赤葦京治《あかあしけいじ》はコーヒーのカップを片手に、重い口を開いた。
作家が持ってきた作品に口を出すのは、赤葦にとって気の重い仕事だった。

東京都千代田《ちよだ》区神田《かんだ》。

昼間の週刊少年ヴァーイ編集部は、極端に人が少ない。

その打ちあわせスペースで、新人漫画家の宇内天満《うだいてんま》は一瞬ギクリと固まった。そして、笑ってごまかしてみる。

「いや、俺も、ガイコツはどうかな？　って一瞬思ったんですけど、和風《わふう》ゾンビって新しくてイケるかな、みたいな。日本は火葬の国だし。ダハハ」

「そうですか」

赤葦編集はテーブルに置かれた『ゾンビ剣士ゾビッシュ』の原稿と、目の前で笑う宇内とを見た。そして、これが最後、もう二度と同じことは言わない、という圧を込めて、もう一度言う。

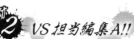

「普通、ゾンビってガイコツじゃないですよね」

疑問符が消えた。

質問ではなく、事実の確認だ。

「……ですね」

力なく返事をすると、宇内は肩を落としてコーラのストローを噛《か》んだ。

キツイ。

自信作だった。これまでの作品にはなかった手応《てごた》えがあったのだ。なのに、コンセプトの根本《こんぽん》へのダメ出しである。

がっくりとうなだれた宇内に、担当はさらに続けた。

「あと、もう一点」

「……なんでしょう」

宇内は小さく肩をすぼめたまま、叱《しか》られている子供のように上目遣《うわめづか》いで赤葦を見た。その赤葦は、コーヒーを飲み、眼鏡《めがね》を直して一呼吸つくと、ゆっくりと口を開く。

「ガイコツはゾンビじゃないとして、そもそもこのガイコツは造形が甘いと思います。世間一般のガイコツと区別がつかない。やっぱり主人公には、ひと目でゾビッシュだとわかるような個性が欲しいです」

「世間一般のガイコツ？」

そう言って、宇内は手元のノートにガイコツを描く。世間一般のガイコツを。

「ええ、例《たと》えばですけど、眼鏡をかけてるとか、大きな傷があるとか、彼だけの造形が欲しいです。デフォルメしても彼だとわかる、贅沢《ぜいたく》を言えばシルエットだけでもわかるような強さが欲しいと思うんですけど、どうでしょう」

宇内は、描いたガイコツに傷を描《か》き足《た》してみた。そして、呟《つぶや》く。

「シルエットということは、傷じゃダメですね」

「傷は、例えばの話です」

「スミマセン……」

宇内はグラスの底に残ったコーラ、というか溶けた氷をズズズとすすると、ちょっと残念そうに笑った。

「火葬だから骨、っていいと思ったんですけど、和風ゾンビ。まあ、確かにゾンビ感はないか……」

その言葉に、赤葦の眼鏡が光る。

「だったら……、この、ゾビッシュの見た目をもっと和風に寄せてみては？　剣ともつながりますし」

「え？」

「いえ、あくまでも例えばの話ですが」

「……いや、アリだと思います。考えてみます！　それなら世間一般のゾンビとは違って見えるかもしれないし！」

と言いながら、宇内はペンを握《にぎ》り直し、手元のノートに和風ゾビッシュを描いていく。

「和服に剣だと普通にサムライになっちゃうなあ……。ゾンビ剣士感を出すには……」

サクサクと動いてはいろんなバージョンを生み出していくそのペンに、赤葦の心が少しだけ軽くなった。

作品に口を出すのは気が重い。

でも、こんなふうに自分の言葉でいい方向に転ぶときがあるから、この仕事を続けていられるのだろう。

「では、ブラッシュアップをお願いします。で、直していただいた原稿次第《しだい》ですけれど、連載会議に出してみようと思っています」

その言葉に、宇内のペンが止まった。

「えっ、なんで⁉　さっきからボロクソ言ってるのに‼」

「……ボロクソは言ってませんよ。せっかく面白《おもしろ》いんですから、より面白い話にしたいと思っているだけです」

赤葦を見上げる宇内の顔が、くしゃっと歪《ゆが》んだ。

「……赤葦さん、ただのヤな奴《やつ》じゃなかったんですね‼」

「イヤな奴……でしたか」

「あ、スイマセン！　そういう意味じゃなくて、あの、いい意味で‼」

いい意味でイヤな奴とはどんな奴なのか……とは訊《き》かず、赤葦は原稿をまとめながら言った。

「ゾビッシュですけど、これまで持ってきていただいた作品に比《くら》べたらかなり面白いです。

可能性はあると思います」

「アザス！」

「あと、最後に……」

「ま、まだありますか」

身構《みがま》える宇内に、赤葦はちょっと笑って言った。

「前から思ってたんですけど、枠外《わくがい》のアオリ……、『ゾビッシュの旅は、まだ始まったばかりだ!!』っていう文。これは書いていただかなくて大丈夫です。編集の仕事ですから」

「……!!」

カラス3年おすわり凱旋

「やっべ、寝坊した！」

東峰旭《あずまねあさひ》は青ざめる。

起きた瞬間、時間を見なくてもわかるときがある。遅刻だと。一応、時計に目をやり、やはり遅刻だと確認して天井を仰《あお》ぐ。

ムリだ。席を取っていた新幹線には間にあいそうにない。次善《じぜん》の策を考えねば。

ベッドから飛び起き、部屋のあちこちに手足をぶつけながら出かける支度《したく》を整《ととの》える。大きな身体《からだ》とワンルームとの相性《あいしょう》は悪い。

「あー、これ寝坊、ぜったい寝坊」

歯ブラシをくわえて鏡を見ながら、昨日《きのう》のことを思い出す。

秋冬のコレクション準備がピークのところに、来春の企画が始まったのだ。コーヒーを飲む余裕もないままバタバタと一日中働きつづけ、なんとか深夜にタクシーで帰宅。そして、昼飯のつもりで買ったけれど食べる時間のなかったコンビニおにぎりを食べて、ちょっとだけ仮眠をとったら出かけよう——と、布団《ふとん》に入ったが最後、この時間だった。

「なんで今日に限って寝坊とか……」

リュックに着替えを詰《つ》め、買っておいたお土産《みやげ》の紙袋をつかむと、東峰はチェストの上の写真を見た。そこには高校3年、春高に出場した際の記念写真が飾ってあったが、写真を見る東峰の目は感傷的なものではない。

「遅刻とか、ぜったい大地《だいち》に怒られるやつだろ……」

すっかり怯《おび》えきった顔で、東峰は部屋を飛び出した。


「旭、遅い！」

「もう夕方っていうか夜だぞー」

なんとか居酒屋『おすわり』に辿《たど》りついた東峰を出迎えたのは、すでにほろ酔い状態の

ホヤ酎
¥650
スイカサワー
¥370
タメイゴ

菅原孝支《すがわらこうし》と澤村《さわむら》大地だった。東峰は汗《あせ》だくの顔をハンカチで拭《ぬぐ》いながら、仲間の待つ小上がりへ向かう。店のクーラーも頑張《がんば》ってはいるが、酔っ払いたちの熱気のほうが強い。外よりはマシ、というくらいだ。

「悪《わり》い悪い。昨日徹夜だったからか、寝坊しちゃってさ」

「たるんどーる！」

飲みかけのビールジョッキをかかげて迎える菅原に、

「スガ、もう酔っ払ってるのかよ……」

と苦笑し、東峰は靴の紐《ひも》をほどいた。

「で、新幹線乗れなくて、なんとか30分後のに乗ってさ。それで一応、家のほうに顔出しとこうと思ったら、なんか親戚《しんせき》みんな集まってて。すっかり捕《つか》まって遅くなったんだわ。あー、走ったら汗かいた。やっぱりこっちも暑いな。東京と変わんない」

という遅刻の説明をほとんど聞かず、ボリボリと軟骨《なんこつ》の唐揚《からあ》げなどつまんでいた菅原が
「はいこれ」とメニューを渡して訊《き》く。

「そういうとき、新幹線ってキャンセル料とかかかんないんだっけ？」

「や、一回なら無料で変更できる。乗るやつ出ちゃってたらダメかも。でもネットでできるし、簡単だよ。お盆だし席なかったらどうしようかと思ったけど、ツイてた」

とメニューを受け取り、カウンターに声をかける。

「すみませーん、おしぼりひとつくださーい！」

ふーんと聞いているのか聞いていないのかわからない顔で頷《うなず》きながら、菅原は隣に座った東峰をじいっと見るのだった。

「な、なんだよその顔、スガ。怖《こわ》いし近いんだけど……」

メニューをめくる手を止めた東峰に、菅原は言う。

「なんか旭、大人《おとな》になってない？」

澤村まで「そうか？　どう変わった？」などと言って一緒に顔を覗《のぞ》きこんでくる。

久しぶりに会う仲間たちにジロジロと見られつづけて「な、なんだよ、こっち見るなよ」とどうにも落ち着かない東峰だったが、ふたりは気にせず東峰を観察しつづけるのだった。

「正月会ったときと変わらないだろ」

「いや、なんか違うって」

「や、やめろよ……、そんな目で俺を見るなよ……！」

東峰が半泣きになったとき、菅原は「あ、わかった」と手を叩《たた》いた。

「たぶん、とうとう年齢が見た目に追いついて、なんかしっくりくるようになったんだ！」

「ああ。初めて会ったときから、20代中盤って感じだったもんな」

澤村まで真顔《まがお》で頷く。

「そんなことないだろ……。泣くぞ……」

しょぼくれた東峰の背中を「冗談冗談！」と叩き、菅原が急《せ》かす。

「で、旭も、とりあえずビールでいいよな？　頼むぞ。すいませーん、注文ー！」

「え、ああ、じゃあ中ジョッキ……」

ということで、ついに三人はジョッキを合わせたのだった。再会を祝して、乾杯。

ジョッキを傾け、枝豆を口に放りこみ、ジョッキを重《かさ》ね、焼きなすを分けあってつつきながら互いに近況報告をしあっていた三人が、喋《しゃべ》り疲れたのか、ちょっとひと息ついて静かになったタイミングだった。

「ところでさ、アレまだ？」

すっかり冷《さ》めた砂肝《すなぎも》のニンニク炒《いた》めを口に運んで、菅原がじっと東峰を見つめる。

「こ、今度はなんだよ……」

ちょっと怯え気味にごくりとビールを飲んだ東峰に向かって、菅原は屈託《くったく》のない笑顔とともに手のひらを差し出した。

「もちろん東京土産！」

「なんだ……」

そんなことかとホッとして、東峰は小上がりの壁際《かべぎわ》に置いていた紙袋に手を伸ばす。

「ここ置いてたの、すっかり忘れてたよ」

「実はさっきからずっと気になってました、それ」

菅原が悪びれずに笑い、澤村があきれ気味につくねの上の黄身をつつく。

「だからって、自分からねだるか？」

しかし菅原はまったく気にせず、「サンキュー」と、ご機嫌《きげん》で紙袋を受け取る。

「開けていい？　これ、開けていい？」

「子供でも、そんなにはしゃがないだろ」

澤村が笑うと、菅原はスッと真面目《まじめ》な顔に戻ってジョッキを置く。

「……大地、子供を知らないな？」

「え？」

「子供ってのはな、お土産もらうと本当に走りまわるからな。ここなら、小上がりから落ちて鼻血も出す。俺は座ったままだから大人だ」

「それ、威張《いば》るようなことなのか？　まあ、確かに子供のことならスガが本職だもんな、素人《しろうと》が適当なこと言って悪かったよ……」

一応詫《わ》びる澤村に「くるしゅうない」と頷き、菅原はさっそくお土産の中身を覗きこむ。

そして、顔を上げて訊いた。

「どら焼き？」

「うん、なんか浅草《あさくさ》の。会社の女子たちがうまいって言ってたから買ってみた。ふたりで分けて。あ、明日《あした》までに食べてね。買ったのおとといだから」

「ふーん、サンキュ。あ、なんかすごいふかふか。手に持った感じがすでにふかふか」

どら焼きを手に取り、矯《た》めつ眇《すが》めつ見ていた菅原だったが、そっと紙袋に戻すとひと呼吸置いてから言う。

「でもさ、どら焼きって、あんま東京感なくない？」

「えっ⁉」

動揺した東峰が、思わずビールをちょっとこぼす。

「うわ」

「ほら、おしぼり」

そして溢《あふ》れたビールをせっせと拭《ふ》きながら、ぶつぶつとひとりごちるのだった。

「そうか……、昼休み返上で並んで買ったんだけどな……。そうか……土産チョイス失敗だったか……、東京っぽさな……、ちょっと正直そこまで考えが回らなかったな……。上司にもいっつも詰めが甘いって言われるしな……」

打ちひしがれ、しまいには仕事の愚痴《ぐち》を言いながらおしぼりを握《にぎ》りしめる東峰を、澤村があわてて慰《なぐさ》めにかかる。

「いや東京っぽい、東京ぽいって！　浅草だろ？　浅草ってスカイツリーだろ？　東京だよ、東京。ほら、旭、落ちこむなって。スガ、謝《あやま》れって」

澤村に窘《たしな》められて謝るかと思いきや、菅原はスッと箸《はし》を置き、真面目な顔を見せる。

「……大地、いいか？　子供は店内とか関係なく、今、この場でどら焼き食い始めるからな」

「俺、今、子供がどうとか言ってないよな」

ひと言《こと》で切って捨てられた菅原が、ぺろりと舌を出す。

「バレたか、丸めこめるかと思ったんだけどなー」

「悪人の発想だろ、それ」

ふたりのやりとりを見て、東峰は「はは……」と力なく笑った。

変わんないな、ふたりとも。

いや、菅原はフリーダムさがちょっと増したか？　小学校の先生になって、毎日子供と過ごしてるからだろうか。それとも、仕事が大変すぎてプライベートで羽目《はめ》を外《はず》してしまう、みたいなことか？　どっちにしても大変なんだろうな、先生って。

っていうか大地だって大変だよな、警察官だもん。俺、お巡《まわ》りさんなんて見ただけでも緊張しちゃうのに、お巡りさんになっちゃうんだもんな。泥棒とか詐欺師《さぎし》とかおっかない奴《やつ》相手にしてんのかな。すごいよな……。あ、あとで、なんで俺はしょっちゅう職質《しょくしつ》されるのか訊かないと。一日に二回されたこともあるもんな。なんでなんだよ、本当に……。

でもさ、ふたりとも世のため人のためになる仕事しちゃってさ、俺も徹夜で寝坊してる場合じゃないよな……。

すっかり成長した仲間を前に、つい我《わ》が身を振り返り、じっと手を見る東峰なのだった。

「がんばろ……」

「ん、なにを頑張るわけ?」

隣から、すっかり酔いのまわった菅原がジョッキ片手に声をかけてくる。

「え、いや、もっとちゃんと大人になろうと思ってさ。世のため人のため……」

「なーに言ってんだよ、高校のときから顔だけは大人だっただろ！　自信持てって！」

「……泣くぞ?」

じとっと恨《うら》めしい目をした東峰を「まあまあ」となだめてから、澤村は腕を組んでじっと考えるのだった。

「でも確かに、大人になったら勝手に大人になるもんだと思ってたけど、そうでもないよな。高校のときから中身が変わった感じもしないし」

「まあね。人間、そうそう変わんねーって。烏養《うかい》コーチとかさ、きっと小学生のときからあんな感じだべ?」

菅原の言葉に、ふたりが笑う。

もう、金髪にジャージの小学生男子がタバコをくわえているビジュアルしか浮かばない。いや、タバコじゃなくてココアシガレットかなにかだろうか、さすがに。

「そういえばさ」

澤村がふと真面目な顔をしてジョッキを置き、ふたりを見た。

「お前ら知ってたか？　あの頃の烏養コーチ、今の俺らとそんな変わんないからな、歳《とし》」

「え、そうだっけ⁉」

東峰がまたビールをこぼしそうになり、あわててジョッキを持ち直す。

「ああ。あのとき、たしか26歳とかだったはず」

「2歳上⁉」

「すごい大人だった気がするよな」

「ああ」

ひとしきり驚いたのち、三人同時にハッとする。

あの頃、烏養コーチのことは正直いっておじさんだと思っていたのだ。

そのおじさんに、あと2年でなってしまうのか？

いや、今、高校生たちから見て俺らはおじさんなのか⁉


「…………」

「…………」

「…………」

厳《きび》しい現実を前に、三人は反射的に視点を変えた。

「つまり！　コーチってぜんぜんニイちゃんだったってことだよな、ニイちゃん！」

「そうそう、若かったんだな！」

「そうだな！」

そう、コーチはおじさんじゃなかったのだ。だから俺たちもまだまだ大丈夫――。

現実逃避である。

現実を無視することで目の前のおじさん危機を回避した三人は、気を取り直して話を続けるのだった。

「今にして思うと、ＯＢの人たちってすごかったんだな」

「昼間仕事して、休みの日は俺らの面倒《めんどう》見てくれて、だもん」

「東京まで、車も出してくれたな」

三人はテーブルにならんだ空《から》ジョッキと食べかけの皿を見るともなく見て、なんとなく口数少なくなってしまう。ＯＢたちへの感謝の気持ち、そして畏怖《いふ》の思いが彼らを黙らせた。

東峰が、彼らと当時の自分たちを思い出すように呟《つぶや》く。

「俺さ、今、商店街チームの人たちみたいに動ける気がしないんだよ。今、高校生と試合できるか？　ムリだよ。絶対すぐにバテるし、負ける……。今の俺らのほうが、あの頃のＯＢより若いのにさ……」

そして東峰は、心配そうに下っ腹をつまむのだった。

「それに最近ちょっと腹もヤバくなってきたし……。お前らは？」

澤村はちょっと驚いて自分の腹を確認したが、きっぱりと首を振る。

「いや、俺はべつに。腹はまったく問題ない」

「まあ、警察は動くもんな。剣道とか柔道とか……」

肩を落とす東峰を横目に、菅原もポンと自分の腹を叩いて笑う。

「俺もぜんぜん！　いっつも走りまわってるからかな」

「確かに先生は動くよな。体育あるし……。あー、俺も運動しないとダメだよな……」

東峰も毎日あれやこれやと用事を言いつけられてパタパタ動き回ってはいるのだが、やはり座っている時間のほうが長い。肉も、腹に溜《た》まるだろう。

「…………」

すっかり落ちこんでうなだれる東峰の前へ、追加の料理とビールがやってきた。うつむいたまま腹を揉《も》んでいる東峰の代わりに、菅原が「あ、ありがとうございまーす」と、愛《あい》想《そ》よく皿を受けとっていく。

さて目の前に並んだ料理は、夏野菜の天ぷら盛り合わせに、カジキの竜田《たつた》揚《あ》げ、レンコンのはさみ揚げ、そして中ジョッキ三つ――。どれも腹周《まわ》りを気にする人間が頼むメニューではない。うつむく東峰の首が、さらにがくっと落ちた。

腹が気にならない組のほうは、やってきた料理にご満悦《まんえつ》である。

「お、この天ぷら、ゴーヤ?」

「とうもろこしの天ぷら、もーらい」

「じゃあ、俺、オクラもらう。あ、レンコンのやつに辛子《からし》使うか?」

「サンキュー」

「カジキ頼んだの、誰?」

澤村の声に、東峰がようやく暗い顔を上げた。

「……俺」

そのどんよりとした顔に向かって、菅原がとうもろこしの天ぷらを「アチチ、アチチ」と食べながら言い放った。

「腹が出てきた人は、食わないで筋トレでもしたほうがいいんじゃね? アチ」

「ひどい!」

「ひどくないって。アドバイスだよ、有益なアドバイス」

「ううう……」

大きな背中を小さく丸めて、元エースが唸《うな》る。しばらく悔《くや》しそうに肩を震わせていた東峰だったが、急にドンっとテーブルを叩いて、高らかに宣言した。

「……今日は、食う！　明日から頑張る！」

「出た、『明日から』！」

「絶対やらないやつだろ、それ！」

居酒屋おすわりに、地元組ふたりの笑い声が響《ひび》く。東峰が言い返し、さらに笑い声が大きくなる。――幸せなお盆休みだった。


「なー、帰るなよー、東京。なー、旭ー。なんで帰んの？　ねえ、ねえってばー」

絡《から》みだしたのは菅原であった。もはや菅原の体《てい》を成《な》していないが、辛《かろ》うじて菅原である。

小上がりの座敷にくったりと溶けたように座り、隣の東峰に半分もたれかかっている。

「べーつに帰んなくても、いーんじゃないですかっ！　って、言ってんの！　俺は！」

「……帰るよ、明日だけど」

東峰が、酔っ払いに律儀《りちぎ》に返事する。

「なーんでだよー」

「だって仕事あるし」

「なーにが仕事だよー！　そんなの俺もあるっつーの！　夏休みなのにさー、けんしゅうかい!!」

どんどん声が大きくなっていく菅原に、澤村がお冷《ひ》やのグラスを渡す。

「ほら、スガ、飲め。そんな絡むなって……」

「んー？　なにこれ」

菅原はグビグビとお冷やを飲《の》み干《ほ》してから「……これ、酒ではないな？」と首をかしげる。

「水だよ」

「水かー」

不服そうにテーブルにつっぷすと、菅原はプウッと頬《ほお》を膨《ふく》らませて言う。

「俺さー、絡んでないよ？」

「明らかに絡んでるだろ。なんかもう鍋《なべ》の中の餅《もち》みたいに絡んでる。ほら、おしぼり噛《か》むなって、そろそろ帰って……ん？」

澤村の言葉がとぎれた。

「どうした？　大地」

心配そうにたずねる東峰に、澤村は呆然《ぼうぜん》としながら答えた。

「……寝た」

「は？」

見れば、菅原はテーブルにぺったりと頬っぺたをくっつけて、すうすうと寝息を立てているのであった。

澤村と東峰は顔を見合わせて、そして苦笑した。

「顔にやきとりのタレつくぞ、これ」

「もうついてる、髪に」

しかたないな……と、ふたりは菅原の口からおしぼりを奪《うば》い、頭を拭いてやるのだった。

綺麗《きれい》になったところで、澤村が時計を見る。

「そろそろ代行呼ぶか、スガも寝たし」

「だな、俺タクシー呼ぶわ」

「おう」

そしてそれぞれ運転代行とタクシーへの連絡を終えると、ふたりは車を待ちながらぽつぽつと喋りだした。


「日向《ひなた》、ジャッカル入ったって」

東峰が、壁にもたれて言った。

「ああ、聞いた」

「ってことはさ、日向と影山《かげやま》の対決、とか」

「ああ」

「いつか見られるんだよな」

「旭、絶対泣くだろ」

澤村がニヤリと笑う。

「いや、意外と菅原が泣くと見たね」

「わかる」

「……それにしても、あいつらがな」

「ああ、あの、あいつらがなあ……」


あいつらである。

あの、澤村から入部届を突き返され、体育館から締《し》め出《だ》されたあいつらである。

あの、ど素人と自己中の1年坊主ふたりがである。


「あいつらはすごいよ、すごいけどさ」

東峰が口を開く。

続きを待つように、澤村がジョッキをテーブルに置いた。東峰はちょっと笑って続ける。

「俺は、スガもすごかったと思う」

そして、ふたりはすっかり酔いどれて寝ている菅原を見た。


——5月、まだ3年生になったばかりだった。

菅原は、自《みずか》らコーチに告《つ》げたのだ。

「迷わず影山を選ぶべきだと思います」

誰の目にも明らかな、圧倒的な才能を持つ1年の影山飛雄《とびお》に、菅原は正セッターの座を譲《ゆず》ったのだ。チームのために。そして自分のために。

1年のときから辛《つら》い練習に耐えてきて、やっと3年。これでついにレギュラーになれる、試合に出られる、というときに、とつぜん現れた1年にその座を明け渡すことがどれだけ辛い決断だったか——。

「スガは俺らより、少し早く大人になったのかもしれない、って思うよ」

「ああ。でもまあ、その結果がこれだけどな」

澤村がちょっと困ったように菅原を見た。

でも、くかーくかーと軽くいびきをかいて寝ている菅原はなんだか幸せそうで、東峰はつい笑ってしまう。笑って、そして思う。

高校時代か――。

なんか、美しい思い出っていうのとは違う感じがするよな。あの頃はよかった、なんて眺《なが》めて懐《なつ》かしむものじゃないっていうか。だってあの頃と今って、別々のものじゃなくてがっちり繋《つな》がってて、あの頃があったから今があって、こうやってずっと同じ感じでやってるっていうかさ。今だって、未来から見たら美しい思い出だよ、きっと。

酔いのせいで、うまく考えがまとまらないが、そういうことなのだ。

そして、気の抜けたビールを飲んでいる澤村に言った。

「俺から見たらさ、大地もめちゃくちゃ大人だったよ」

「な、なんだよ。旭だって……、えーと、見た目が大人だったぞ」

「………!!」

「怒るなよ、冗談だよ」

と笑って、澤村は菅原の寝顔を見た。

「こいつさ、今日すごいテンションだったけど、久々に旭に会えて嬉《うれ》しかったんだよ。悪く思わないでやってくれよな」

「ああ、わかってる」

「ならいいんだけど。っていうか、俺も悪ノリしたよな、悪《わり》い」

「べつに、いつもどおりだよ」

「そうか」

安心したような澤村の横顔が懐かしくて、東峰はまるで高校生に戻ったような気がするのだった。そのむず痒《がゆ》いような気持ちと、片手に持ったビールジョッキとのギャップがおかしくて、ちょっと吹き出しながら言った。

「大地はさ、大人になっても俺らの主将だよな」

「なんだよそれ、俺に主将を求めるなよ」

ちょっと困惑《こんわく》したような、でもまんざらでもないような顔を見せる澤村に、東峰が返す。

「でも、大地は酔いつぶれて寝たりしないだろ」

「それは、しないな」

即答。

「見てみたいかも」

「よせよ」

そして、またふたりで笑いあう。

「……なんか、楽しいな。大人」

「ああ。楽しすぎて、スガはこんなんなっちゃったよ」

「はは……」

そうだよな、楽しいんだよな。楽しい。

東峰は、噛みしめるように思う。

あのとき、逃げなくてよかった――と。

あのまま逃げてたら、今こんなふうにこいつらと酒を飲んだりできてないもんな。それどころか、東京の学校に行ったり、好きな仕事に就《つ》いたりもできなかったかもしれない。自分のことを信じられないまま、目標を決めたりできるわけがない。

部活に戻って、本当によかった。

今にしてみれば、なんであのときはあんなことで部活から逃げてたんだろう……って思ったりもするけど。甘かったな、って。でも、あのときはあのときで一生懸命で、本当にキツくて、必死に考えて考えて考えた結果で。

エースとしてのプレッシャー、なんておこがましいけど……。

逆に今、あんなふうに真剣になにかに向きあったり、悩んだりすることがあるんだろうか。逃げ出したいと思うくらいのヒリヒリするようなプレッシャーと向きあうことが――。

そのとき、澤村が言った。

「あ、旭。明日からの筋トレ忘れるなよ」

「うわ、マジ逃げたい」

どうやらこれからもプレッシャーはけっこう押し寄せてきそうだったが、きっと逃げずにやりとげるのだろう。なんといっても、あのときバレー部に戻ってきたエース、東峰なのだから。

軌跡4 連載をつかみとれ!!

昼過ぎだった。電話が鳴っているのに気づいて、宇内《うだい》は布団《ふとん》の中から手を伸ばした。見れば、編集《赤葦》さんからだ。あわてて布団から抜け出すと、電話に出る。

電話の向こうの赤葦《あかあし》は、いつもと変わらない淡々《たんたん》とした口調で言った。

「寝てましたね」

「……すみません」

「いえ、こちらこそ。それで本題に入っちゃいますけど、読みきり、評判いいです」

赤葦の言葉に、スマホを持つ宇内の手が汗《あせ》ばんだ。

まずは増刊で読みきりを、と言われて、必死に描き上げた『ゾンビ剣士ゾビッシュ』だった。

赤葦にダメ出しされたゾビッシュの造形は、ひと目でそれとわかるつぎはぎゾンビの少年に変えて、いい感じに仕上がった。着流しの襟元《えりもと》から包帯がチラ見えしているときの感じが気に入っている。やっぱりガイコツじゃないよな。骨に感情移入するのは難しいよ。うん。

課題だった「シルエットでもわかる」は、頭に刺さった手斧《ておの》でクリア。ゾンビ剣士感は、剣を握った左腕を取りはずして戦うスタイルで表現した。可動式フィギュア、作ってもらえないかな。

とにかく自分でもかなりの自信作だったのだ。これで箸《はし》にも棒にもかからなかったら、本当に立ち直れないところだった。

「よかった……」

思わず脱力する宇内に、赤葦は静かに続ける。

「それでさっそくなんですが、連載に向けてゾビッシュをさらにブラッシュアップしていきたいと思っています」

「はい！　よろこんで！」

居酒屋の店員のような返事で気合いを入れ直した宇内に、赤葦は言った。

「で、まず、ヒロインなんですが」

「はい！」

やっぱりヒロインはもう少し手直ししたほうがいいよな。もっと可愛《かわい》く、もっといい感じに——と思う宇内だったが、赤葦のきり出した話はそういった方向の話ではなかった。

「読みきりだと、助けて、一緒に旅をすることになって、そこで終わるじゃないですか」

「え？　あ、はい」

「一話目を読みきりとした場合、二話目以降、ふたりはずっと一緒に旅をしつづける感じですか？」

どうやら、女の子はもっとスタイル良くだとか、服の露出度がどうだとか、そういう楽しい話ではなさそうだった。

しかも連載になった場合の話なんて、正直、しっかり詰《つ》めて考えてはいなかったのだ。

まあ、言われたとおりの感じになるかな、とは思うが。

その宇内の心のうちを読んだかのように、赤葦は冷たい声で言った。

「それだと、読者に飽《あ》きられませんかね」

「え？」

「主人公とヒロインが、ずっとふたりで旅をしていて、敵が出てきて、助けて、倒して、進む、ラスボスまでその感じで進む」

「はい……」

「飽きませんか」

これ、俺、今、怒られてる？

いや、あくまでも読みきりベースで考えてたから、先の話なんてそこまでしっかり固めてなくて、ヒキがある感じで終わったほうがいいかな？　くらいの感じでしか考えてなくて……。

宇内は手のひらの汗をTシャツで拭《ふ》きながら言った。

「……あの、ちょっとこれ、できれば電話じゃなくて」

「わかりました、いつなら空《あ》いてますか？」

ということで、翌日の編集部だった。打ち合わせスペースでのブレインストーミングは、もう二時間以上続いていた。

「それでは、助けてもらうだけのヒロインというよりは」

「ツッコミ役も兼《か》ねるバディ、って感じっすね」

と、宇内は女性キャラの表情をノートにあれこれ描いていく。焦《あせ》り顔《がお》、怒《いか》り顔、ジト目……。そして、ペンを止めて赤葦を見る。

「だったらゾビッシュも、ただただ格好《かっこう》いいよりかは、ちょっとボケ的な面もある感じですかね？」

「でもギャグにはならない感じでお願いします。アンケートを見ると『かっこいい』から面白《おもしろ》い、という意見が多いですから」

アンケートの集計表を見ながら赤葦が応《こた》える。

「そっかー、バランスが難しいですね」

と、今度はノートにいろんな表情のゾビッシュを描いて、宇内は笑った。

「でも、楽しいっす。マンガ作ってるって感じで」

「そう言ってもらえると助かります」

と赤葦はちょっと笑い、そしてすぐに続ける。

「それと、敵もただの世紀末的な盗賊というより、なんらかの組織的なもののほうが物語に深みが出ると思うんですが」

「あ、ゾビッシュがゾンビ化したのは、そいつらのせいってどうです？」

「いいですね」

赤葦の合いの手に機嫌《きげん》をよくして、宇内はノートのかなり前のページを開いた。

「ここ！　見てくださいよ！　ラスボスはゾビッシュがゾンビになる前からの因縁《いんねん》の相手で、ヒロインはゾビッシュがゾンビから人間に戻るためのキーパーソンっていうのは前から考えてたんですよ。で、今思ったんですけど、これはつまり、ヒロインはラスボスの娘なんじゃないかと」

興奮する宇内と裏腹に、赤葦はうーんと唸《うな》った。

「……だとすると、ゾビッシュはなんのために戦ってるんでしょう」

「赤葦さんって、そもそものとこ突いてきますよね」

「いや、そこが一番大事では」

無邪気《むじゃき》に風呂敷を広げるのは楽しい。広げたら広げただけ、このあと話をまとめていく作業は地獄なのだが、それがわかっていても、やはりラスボスだのライバルだのの話をするのは純粋に楽しいのだった。

「秘密基地的なの、いいですよねー」

「……いや、この世界を支配しているのなら、秘密にしている必要はないのでは。もっと力を誇示するような……」

「城！」

「おにぎり宮」営業中

眩《まぶ》しい。山道の景色は、露出を失敗した写真のようだった。周《まわ》りの山々は緑の明度と彩度が高く、古い舗道《ほどう》は日の光を反射して白飛びして見える。

ハンドルを握《にぎ》る宮治《みやおさむ》は、太陽の光に目を細めてサンバイザーを下ろした。

田舎道《いなかみち》を走る車がたどりついたのは一軒の古い農家だった。治は運転席から降りると、あたりの山をぐるりと見まわす。蟬《せみ》の鳴き声が、いっせいに空から降ってきてやかましい。

トランクから大きなクーラーボックスを取り出して肩にかけ、生垣《いけがき》にそって歩く。

そして門口《かどぐち》まで来ると、中へ声をかけた。

「こんちはー」

返事がない。もしかして蟬の声にかき消されて聞こえないのかもしれない、とも思う。

しばらく待って、もう一度、今度はもっと声を張る。

「こんちはーっ！」

すると家の裏から、つばの大きな麦わら帽子で顔を隠し、タオルを首にかけた男が、ひょこっと顔を出した。

「……治か？」

そう言って男が帽子を取る。

「悪《わる》い、ちょっと倉庫のほう見とってん」

夏空の下に現れたその顔は、すっかり陽《ひ》に焼けてはいたが、バレー部時代の元主将——北信介《きたしんすけ》なのだった。

数日前のことだった。朝、目が覚めて台所へ降りてきた治を、双子《ふたご》の兄弟、侑《あつむ》が食卓で待《ま》ち伏《ぶ》せていた。

「……サム、勝負してへんな」

「はぁ？　なんの話やねん」

布団《ふとん》から出てきたまま、くたくたのTシャツ姿で、まだ半分眠りの中にいた治が面倒くさそうに訊《き》く。すると侑は「これや」と、食べかけのおにぎりを差し出した。

鮭《さけ》。

「これ……って、鮭がなんやねん。勝手に残りもん食うなや」

侑はもぐもぐもぐもぐとおにぎりを食べつづけながら、どこか納得《なっとく》いかないような顔をして首をひねり、文句を並べる。

「……旨《うま》いねん。確かに旨いねんけどな、梅も鮭もたらこも、そんなん旨いに決まっとるやん。子供が作っても旨いわ、こんなん」

と、鮭を食べ終わり、次《つ》いでたらこに手を伸ばそうとする。

その手を払って、治が怒鳴《どな》った。

「もっかい言うてみい！　勝手に人のもん食い散らかして、なに抜かしとんねん！」

侑も反射的に立ち上がる。

「何度でも言うたるわ！　飯で勝負するんやったら、『おにぎり宮《みや》』やないと食えんおにぎり出してみろっちゅうことや！」

「あァん⁉　上等や、やったろやないか‼」

「やれるもんならやってみい！」

同じ顔を突きあわせて、双子が睨《にら》みあう。治の眠気は、とっくに吹き飛んでいた。


ちりんと縁側の風鈴《ふうりん》が涼しげな音を立てる。さっきまでの真夏の眩しさが嘘《うそ》のように、北家の中は影が濃い。

「わざわざこっち来んでも、店行くのに。忙しいやろ、治も」

「いえ、北さんこそ」

「来月やったら、稲刈《いねか》りやから厳《きび》しかったけどな。さっきもコンバイン見てたんや。そろそろ整備してやらんと」

「頼りにしてます、新米」

治が頭を下げた。

庭のしっとりと濡《ぬ》れた木々を通って入る風が心地いい。夏休みに出かける親戚《しんせき》の家――といった感じだ。

「で、勝負メニューを考えとる、ちゅうことやったな？」

北は、目の前で小さくかしこまっている治に確かめると、麦茶のグラスを手に取った。風鈴の音をＢＧＭに、治がぼそぼそと説明を始める。

「『おにぎり宮』やないと食えんおにぎりってなんやろ、うちだけのメニューってなんやろ……、ってずっと考えててんけど、なんやうまくまとまらへんのですわ……」

どんどん声が小さくなる治に、北が念を押す。

「ええけど、役に立てるかはわからんで。料理のことも店のことも門外漢《もんがいかん》や。できるのは、愚痴《ぐち》を聞くくらいや思うけど、それでもええか？」

「助かります！」

がばりと頭を下げた治へ律儀《りちぎ》に頭を下げ返すと、北は言った。

「そんならさっそくやけど、見して。その試作品とやら」

「はい！」

治はクーラーボックスを開けると、ラップに包まれた試作品を手際《てぎわ》よく取り出し、ちゃぶ台に並べていった。色とりどりのごろんと大きな三角おにぎりが、行儀よく整列する。自分の子供を見るようにおにぎりたちを眺《なが》めた治は「お願いします」と、北に頭を下げた。北もやはり「それじゃ」と頭を下げ返し、おにぎりと向きあう。

ピリッと緊張が走った。

畳《たたみ》の匂《にお》いのする客間が、武道の道場のように厳粛《げんしゅく》な空気に包まれる。

もはや、風鈴の音も聞こえない。

北は、端《はし》に置かれた赤いおにぎりをスッと指差した。

「これは？」

「これは、チーズタッカルビにぎり……です」

「流行《はや》っとるもんな」

重々しく頷《うなず》いた北は、次いで「こっちの二色は？」と隣を指差す。

治は「これは……」と二色おにぎりを手に取り、キュッと握《にぎ》るように包んだ。

「おにぎりのハーフ&ハーフやったろ思て。チャーハンとケチャップライスで作ってみた

んやけど、ぽろぽろぽろぽろしてうまいことまとまらへんのですわ。やわらかく炊《た》くのもちゃうし……」

チャーハンのパラパラ感が……ピラフならなんとか……と続く治の話をふんふんと聞きながら、北はさらに隣を指差す。

「ほんなら、この白いのは」

「これはそのまんまの白米にぎりなんですけど、でもこっちの……」

と、治はもったいぶってスープジャーとスプーンを取り出し、隣に並べた。

「この別添《べつぞえ》のカレーと一緒に食うたら、なんと新商品、カレーおにぎりに！」

ヤケクソのように明るくプレゼンした治だったが、北のほうはにべもない。

「ただのカレーやん」

その率直《そっちょく》な言葉に、治はがっくりと肩を落とす。

北の言うとおりだった。それ以上でもそれ以下でもない、ただのカレーなのである。喝《かっ》破《ぱ》されたことが辛《つら》かったのではない、自分の甘さが辛かった。自分の心すらごまかしきれなかったメニューが、北に通用するわけもない。

「わからんのですわ……」

力なく呟《つぶや》き、いじけたように座布団の房《ふさ》をクルクルいじっていた治だったが、とつぜん声を荒らげる。

「そもそも勝負ってなんやねん！　なにが勝負メニューやねん！　食いもん舐《な》めんなっちゅう話やぞ、あのボケ!!」

ちゃぶ台を叩《たた》いて膝立《ひざだ》ちになった治を、驚くでもなく正面からただじっと静かに見据《みす》えて、北は麦茶を飲んだ。そして、口を開く。

「俺に言うても意味ないやろ。侑にそう言うたったらええやんか」

正論である。

久々の正論パンチを一身に受け、治は一瞬バツの悪そうな顔をして座布団に座りなおした。が、それでもムッと黙りこんだままなにも言わない。なにも言わないが「わかっとる、わかっとるんやけど……」と、顔に書いてある。

「………」

頑《かたく》なな治の顔を見て、北は言う。

「つまり、勝負したいっていう気持ちはあるんやな」

「そ、そんなもん……」

北に心のうちを見透《みす》かされて、治の感情が再《ふたた》び決壊《けっかい》する。

「……負けたないに決まっとるやないですか!! ギャフンと言わせてやりたいですわ! 尻尾《しっぽ》巻いて逃げ出すツム見て、指差して笑《わろ》たんねん!!」

後輩の大声に引っ張られることなく、北は淡々と答えた。

「つまり、ただの兄弟喧嘩《げんか》やな」

「…………」

正論と本音《ほんね》のあいだに生まれた静寂《せいじゃく》のなかを、涼しげな風鈴の音がちりんと通りすぎていった。

「まあええわ。お茶淹《い》れ直すし、飲むやろ」

と、北は空《あ》いた麦茶のグラスを持って、台所へ下がった。かと思うと、お盆にころんと丸い湯呑《ゆの》み茶碗《ちゃわん》をふたつ載《の》せてすぐに戻ってくる。

「いただきます」

ぺこりと頭を下げて湯呑みを片手でつかみ、あ、冷たい緑茶や、と無造作《むぞうさ》にゴクリと一口飲んだ治が、ハッと目の色を変えた。

「うっま！　なんやこれ！」

思わず、湯呑みの中を覗《のぞ》きこむ。

見た感じは、ただの緑茶だ。なにも変わったところはない。が、めっぽう旨い。

涼しい顔をして北が答える。

「今日、暑いやろ。だから冷たいお茶が旨いんや」

「いやいや、それだけやなくて……」

と、今度は両手で湯呑みを持ち、もう一口しっかりと味わう。

「……！！」

冴《さ》え渡《わた》ったようなお茶のほろ苦《にが》さのあとに、滋味《じみ》溢《あふ》れるまるい旨味がやってくる。そして、あと味はさっぱりと甘い――などとグルメぶるのがバカバカしいくらいに、ただひたすら旨いのだった。

治は訊く。

「……どこのですか？」

どこぞのええとこのお茶やろと踏んで訊いたのだが、北は首を振った。

「近所のおばちゃんにもろた普通のやつや」

うっそやー！　という顔をして湯呑み茶碗の裏までじろじろと眺める治に、北はあっさりと種明かしをする。

「氷で出したやつやねん。氷で淹れると、渋《しぶ》みが出えへんねんてさ。お茶くれたおばちゃんに教わってな、今朝《けさ》やってみてん。治、ちょうどいいときに来たなあ、ついてるわ」

治がなるほど、という顔で頷いて、茶碗に残るお茶を眺めた。

「水出しやなくて、氷ですか」

「急須《きゅうす》に氷とお茶っ葉入れてな、冷蔵庫で3、4時間放っとくだけやねん」

「3、4時間ですか……」

普通に緑茶を淹れるなら数分ですむ。冷たいものが飲みたいなら、濃いめに淹れて氷入りのグラスに注《つ》ぐか、もっと楽をしたいなら麦茶と同じくデカいピッチャーに水とお茶パックを入れて、たくさん作り置きしておけば飲み放題だ。

それはそれで、お茶の飲み方である。

そしてまた別の飲み方もあるのだった。

じわじわと溶けていく氷でゆっくりとお茶を抽出《ちゅうしゅつ》したら、渋みを出さずに旨味だけ出せるだろう。それを急須で。一杯だけの贅沢《ぜいたく》だ。

旨いと頭でわかっていても、それをふだんからやるかと言われるとやらないだろう。一度試してみることはあったとしたも。

「旨いって、手間暇《てまひま》なんやろか……」

治は、考えを巡《めぐ》らせるようにぽつぽつと呟いた。

「米も、作っとる人らのこだわりで、ぜんぜん味違うもんなあ。うちのおにぎりには北さんの米がいちばんやけど。塩も海苔《のり》も具材も、うちなりに、儲《もう》けのギリギリのとこでこだわっとるけど……。けど、食いもんって人によって好き嫌いもあるしなあ。俺がこれや！思うて作っても、他の人にも旨いかわからへんし。旨い、ってなんなんやろか、むずかしいわ……」

なんとか糸口を見つけようとぐるぐる悩む後輩を眺めながら、北はゆっくりと湯呑みを口に運んだ。そして「うまいな」と満足そうに頷くと、自分の考えを自分で確かめるように、言葉にしていく。

「身体《からだ》が求めているものを、求めているときに食べるのは、旨いな。外で汗かいて働いたあと、冷たいお茶飲むのも、旨いわ」

治はうんうんと頷き、そしてまた悩みが深まる。

「暑いときに冷たいもん、疲れてるときに甘いもん、風邪《かぜ》ひいてるときにあったかいもん、腹痛いとき、眠いとき、急いどるとき……。ほんなら、ふだん、なんでもないときに旨いもんってなんやろ……。ほんま、旨いって、一筋縄《ひとすじなわ》ではいかんなあ」

「治は、その問題を一生考えつづけるんやな」

北はそう言って少し笑い、なにか思い出そうとするようにじっと天井を見た。

「俺は、豆腐《とうふ》ハンバーグが好きやねん。けど、普通のハンバーグが旨いっていうのも理解はできる。旨いやろ、肉。旨味の塊《かたまり》や。それでも豆腐ハンバーグのほうが好きやねん。俺はそれでええけど、店やる人間は、また違うんやろな。自分の好きなものと、大勢の好きなもの、どっちを取るか」

先輩の話を黙って聞いていた治が、唐突《とうとつ》に口を開く。

「人生最期《さいご》の日……」

そして、まるで最期の光景を見つめるように、陽の傾いてきた庭に目をやった。

「どっかのええ店の、めっちゃ旨い寿司《すし》やとか霜降《しもふ》りの肉やとか、そういう派手《はで》なもんやなくて、普通のもん食いたいかもな、ってちょっと思うようになって。しみじみ旨い、ていうか。おかんの豚汁《とんじる》とか、冷蔵庫に鮭の焼いたの見っけてお茶漬《ちゃづ》けにしたやつとか。そういう、パッと思い浮かんだ普通の飯《めし》のなかに、うちのおにぎりが入ってきたらええなあ、って」

独《ひと》り言《ごと》のようにそう洩《も》らした治へ、北はやはり涼しい顔のまま答える。

「それを決めるのは、お客さんやな。人生の最期にこれを食え、って押しつけるもんちゃうし。ああ、食いたいなあ、って思ってもらえるもんを作りつづけるだけやな」

そう言って、北は試作品のチーズタッカルビおにぎりを手に取った。

ラップを剝《む》いて、食べる。

「……旨い」

「旨いことは旨いんですわ、どれも」

「うん、旨い」

チーズを伸びるに任《まか》せて、頷く。

「カレーもどうです？」

と、治がスープジャーを開けると、一瞬で客間にカレーの匂《にお》いが広がった。キーマカレー。北はスプーンを手に取り、さっそくカレーを口に運ぶ。

「ん、ああ、カレーも旨いわ」

北はカレーをぱくつきながら、白米おにぎりを手に取る。

「おおきに」

嬉《うれ》しそうに頭を下げた治に、しかし北はぴしゃりと言うのだった。

「けど、カレー別添はおにぎりの手軽さと合わんやろ。旨いけどな」

「はい……、旨くできたんやけどな……」

すっかりスパイシーな空間となった客間で、北はスッと台所のほうへ目をやった。そして治に声をかける。

「婆《ばあ》ちゃんの漬《つ》けたらっきょ、ぎょうさんあるねんけど、持ってくか？」

「ありがたくいただきます！」

ちゃぶ台を挟《はさ》んで座り、旨い旨いと言いあいながら、ふたりはもぐもぐもぐもぐと無心でおにぎりを食べるのだった。

おにぎり店と農業。それぞれ自分のやるべきこととちゃんと向きあっているふたりは、高校時代に比《くら》べると、いくらか穏《おだ》やかな時間を過ごせるようになったのかもしれない。

さらには北のお婆ちゃんも入ってきて、三人でお婆ちゃんお手製の漬物《つけもの》などポリポリつまみながらお茶を飲み、のんびりと夏の午後を過ごしたのだった。そのうちとっぷりと陽が暮れ、治はいとまを告げた。

玄関でスニーカーの紐《ひも》を結んでいる治に、北が声をかける。

「おにぎりごちそうさん。なんの役にも立てへんかったけど、またなんか旨いもんできたら食わしてな」

と、ほんの少し笑って、それからいつものまっすぐな顔に戻る。

「カレーいけるんちゃうかな、って作ってみて、あ、違う、って気づいてやめて、その日々の過程だけが勝負やんな。おにぎりとお前の勝負や。できた『なんとかおにぎり』は、結果にすぎんし、侑はさらに関係ない」

治もそれはわかっていた、しかし、返事をすることはできなかった。

頷かず、その代わりに、暗い顔で洩らす。

「せやけど、ツムのアホ、ギャフンと言わせたらな……」

そのとき北の後ろから、ひょこっとお婆ちゃんが顔を出して言った。

「言わはるんやないやろか？」

突然の言葉に、治は「え、なんて？」と、顔を上げる。

きょとんとしている治に、お婆ちゃんはふんわりと笑うのだった。

「治ちゃんの兄弟……侑ちゃんやったっけ？　言わはるんやない？　ギャフーンて。なあ、信ちゃん？」

「……そうやな」

ふたりのほんわかとしたやりとりをぽかんと見つめて、治は「え、なんで……？」と返すのが精一杯なのだった。


「重っ……」

自宅に帰ってきた治の両手は、クーラーボックスだけでなく大きなダンボール箱でふさがれていた。箱の中には、きゅうりになすにトマト――北の家で分けてもらった大量の野菜とお婆ちゃんお手製の漬物がぎゅうぎゅうに詰《つ》まっている。

「とりあえずこのきゅうり漬けて、あ、冷蔵庫空いとるやろか……」

箱を持ち直して台所に入ろうとすると、暗い台所の中でガサゴソと怪《あや》しい物音がしているのに気がつく。

「なんや？　ネズミか？　嘘やろ……」

そっと台所の扉を開けて入り、音のするほうを覗くと、うごめいている影はネズミなどという小動物のそれではなく、イノシシほどの大きさがあるのだった。

治は荷物をドサリと食卓に置き、ため息とともに声をかける。

「なにしとんねん、ツム……」

「……あ、おかえりー」

息を潜《ひそ》めて暗闇《くらやみ》に隠れていたのは、おにぎりを口に詰めこんだ侑なのだった。

「なにがおかえりーやねん、白々《しらじら》しいやっちゃな。……ん？　その口なに入って……って、なに勝手に人の試作品食っとんねん！　電気も点《つ》けんで！」

と言われれば、侑ももう隠れている必要はない。勢いよく立ち上がって詰め寄り、言い返す。

「うっさいわ、食っとるときは点けとったに決まっとるやろ！　お前が帰ってきたから消したんやないかい！　なに勝手に帰ってきとんねん！」

「なに開き直っとんねん！」

「それより勝負やろ！　勝負はどうなったんや、勝負は！　コソコソ逃げまわっとらんと負けを認めんかい！」

米粒を飛ばして絡《から》んでくる侑を前にすると、もうとにかく腹が立って腹が立って、なんでもいいから怒鳴り返したくてたまらなくてどんどん身体が熱くなってくる治だったが、北さんの顔を思い出してなんとか深呼吸を繰《く》り返《かえ》し、落ち着く。

そして、静かに言い返した。

「……あんな、ツムと勝負しても意味ないねん」

「はぁ？」

チーズタッカルビおにぎりを持ったままぽかんと立《た》ち尽《つ》くす侑に背を向けて電気を点けると、治は眩しいくらいに明るくなった台所ではっきりと言いきった。

「俺と飯との勝負にしゃしゃり出てくんな」

「なんやと！」

と、飛びかかってくる侑を「けどな」と押しとどめると、治はダンボール箱からきゅうりを出して渡した。

「そんなに勝負したいんやったら、したるわ」

「は？　なんやこれ」

「まずこのきゅうり、乱切りな」

「はァ⁉　らんぎりってなんやねん。ていうか、何本あんねん、これ！」

山盛りのとれたて野菜を指差す侑に、治はしれっと答える。

「数えてへんけど、五十本くらいやろ。乱切り教えたるから、早《は》よ手ぇ洗えや」

「なんで俺がらんぎらなあかんねん！」

なんやねん、らんぎらって。ランボルギーニのパチもんか、ランバ・ラルのニセもんか……と思いつつ、治は努《つと》めて冷静に告げる。

「勝負したいんやろ？　どっちが多く丁寧《ていねい》に切れるかきゅうり勝負や。ちゃんと大きさ揃《そろ》えてな」

「はァ⁉　なんやねん、きゅうり勝負て！」

侑がキレる。当然のキレだが、治もここで引くわけにはいかない。

冷静に、兄弟を見返す。

「勝負やろ？」

「誰がやるか！　そんなけったいな勝負！」

と、きゅうりを投げつけようとした侑を、治はひと言《こと》で黙らせた。

「それ、北さん作ったきゅうりやから」

「…………!!」

侑は、両手でそっと食卓にきゅうりを置いた。そしてふくれっ面《つら》で訊《たず》ねる。

「なすは、どうすんねん」

「あとで味噌《みそ》炒《いた》めにするわ。まずは、きゅうりや」

「…………」

侑は無言で従った。


帰《かえ》り際《ぎわ》、北さんのお婆ちゃんはやさしい笑顔でこう言ったのだった。

「治ちゃん、毎日こつこつこつこつこつ同じことやってはる職人さんやろ？　ただそれを見せはったらええねんで」


俺が毎日ちゃんとやっとることを、ただ見せるだけや。

治はエプロンをつけると、石鹸《せっけん》で丁寧に時間をかけて手を洗い、侑にも同じように洗わせる。手のひら、手の甲、爪、指の間、指の一本一本、手首。それからボウルに水を溜《た》めてきゅうりを洗っていった。

「乱切りはな、こうやって回して、斜《なな》めに切っていくねん」

ピーラーで縞目《しまめ》に剥いたきゅうりをまな板にコロコロと転がしながら、治は器用に同じ大きさで切っていく。

「こ、こうか？」

「なんで輪切りになんねん、斜めや」

「……こう？」

「あー、切ったやつ落とすなよ、北さんのきゅうりやぞ」

「…………」

兄弟揃って台所に並び、大量のきゅうりを刻《きざ》みつづけながら、治は心が落ち着いていくのを感じていた。

――ええな、包丁《ほうちょう》の音はええわ。

――うまいもんができていく音は、全部ええ音や。

そして、隣の兄弟に声をかける。

「助かるわ。めっちゃ大量やったから」

「……勝負とちゃうんか」

「ど素人《しろうと》がなに抜かしとんねん、勝負になるかボケ」

治の正論兼《けん》暴言をグッと黙って耐えた侑は、絞《しぼ》り出《だ》したようなかすれ声で訊く。

「……なに作んねん、これ」

「北さんの婆ちゃん直伝《じきでん》のピリ辛《から》きゅうり。新メニューや」

「ふーん」

生《なま》返事を返しながら、たん、とん、と、たどたどしく包丁を使う侑の隣で、治はストンストンストンストンストンと軽快に乱切りきゅうりの山を作っていく。そして、機嫌《きげん》よく鼻歌交《ま》じりに言うのだった。

「なすの味噌炒めも、あとで試作してみんとな」

「……ふん」

もはや交《か》わす言葉もなく、ただ黙々ときゅうりを刻んでいた双子だったが、とうとう侑が音《ね》をあげる。

「……あーもうやめや、やめやめ！　指切ったらかなわんし！」

エプロンを投げ捨て、台所を出ていこうとする背中に、治が余裕の声をかける。

「どうしたー、逃げんのかー」

その言葉に、侑がパッと振り返った。

「逃げてへんわ！」

「逃げとるやろ」

「逃げてへんっちゅーねん！」

と言い捨てて、侑は台所を逃げ出していった。すぐに、隣のリビングからテレビの音が聞こえてくる。

「……潔《いさぎよ》く負けを認めろや」

軽いため息をついて、治はまたきゅうり仕事に戻る。

すべて刻み終わったら、次はお婆ちゃんに教わったとおりにごま油とラー油を効《き》かせたピリ辛きゅうりの漬けダレをつくるのだ。

食べ物と向きあっていると、心が静かになっていくのがわかる。

自分と目の前の料理だけになって、無心になるのだ。

「…………」

いつもならそうなるはずなのだが、今は腹の中にちょっとしたしこりのようなものが残っていた。

勝負の結果である。

この勝負――きゅうり勝負ではツムが逃げ出したけど、「『おにぎり宮』やないと食えんおにぎり」っちゅう勝負からは、俺が逃げたことになるんやろな……。

「ほんまは、俺の負けや」

苦《にが》い気持ちで、きゅうりを刻んでいく。

しかし、ただただ刻みつづけていくうちに、そのじゃまくさい苦味もいつのまにか消えているのだった。

　そして、ただ目の前のきゅうりを刻むだけになる。

　ただの作る人になる。


　果たして治は、本当に勝負に負けたのだろうか。

　先輩が育てた米をちゃんと炊き、分けてもらった野菜を兄弟で刻み、お婆ちゃん直伝のレシピで作った具材――ピリ辛きゅうりのおにぎりは、『おにぎり宮』だけの特別な一品になるのではないか。

　しみじみと旨くて、毎日食べても飽きのこない、ふと思い出して食べたくなるような特別なおにぎりになる予感を秘めて、ピリ辛きゅうりおにぎりはみんなに食べてもらえる日を待っていた。

軌跡7　秘技・挺子入れ!!

連載開始直後は、なかなか反響がよかった。よかったのだ。宇内《うだい》も「これって、アニメ化決定ですかね！」などとご機嫌《きげん》だった。

でも、今ではもう、これ以上アンケートの順位を落とすわけにはいかない状態まできていた。

「…………」

編集部のデスクで頭をかかえる赤葦《あかあし》に、先輩が心配そうに声をかける。

「大丈夫か？」

「……あ、はい」

「ゾビッシュだろ？　なんかさ、テコ入れとかしてみたらいいじゃん、テコ入れ。美少女とかイケメンとかさ」

そう言うだけ言って、先輩は「ま、わかんねーけど」と自分の席へ戻っていく。

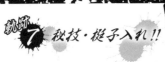

「テコ入れ、か……」

赤葦の眉《まゆ》がキュッと寄った。

そんなことでいいんだろうか。そんなつけ焼き刃の対策で読者を楽しませることができるのだろうか。いや、今、楽しめてもらえていないという結果が出ているわけだが、それでも、もっと主人公そのものの魅力や、話の面白《おもしろ》さで魅《み》せていくべきなんじゃないだろうか……。

「主人公の魅力、か……」

でも、愛される主人公の特徴ってなんだろう？

来週も読みたい、と思ってもらえる話って？

「…………」

来週はなにが起こるんだろう、次はなにを見せてくれるんだろう、という、主人公への期待感だろう。もっともっと面白いものを見せてもらえる、という期待。そういう圧倒的な主人公力が足《た》りないといえば足りなかったのかもしれない。

でもそれは、ゾンビ剣士の出てくる荒唐無稽《こうとうむけい》な世界だからこそ、心情を丁寧《ていねい》に描いたダークファンタジーを目指《めざ》そうとやってきた結果であって……。それがいけなかったのだろうか……。やはり、文芸希望の自分に、面白い少年漫画は作れないのだろうか……。

長々と自問自答を続けていた赤葦が、ハッと顔を上げる。

「………！」

待て。

自分は、また同じ間違いを犯《おか》しているんじゃないだろうか。

自分が、作家さんや作品をコントロールできると思ってしまっているのでは？

「……だめだ、一球入魂《にゅうこん》、一球入魂だ……」

そう、次の一点、一球に集中するように、今週の話、今、主人公が越えるべき試練に集中しなければ――。

心の中を映《うつ》すように日ごとに乱雑さを増していくデスクで、赤葦は目を閉じ、精神を集中させた。

「……〝楽〟じゃなく〝楽しい〟を考えるんだ……〝楽しい〟を……」

アンケートの順位が下がるのも、打ちきりも楽しくない。だったらなにをすべきなのか……。

「……フィードバックして……次に繫《つな》げるんだ……次へ……」

編集部のコピー機の前で、先輩たちが心配そうに赤葦を眺《なが》めていた。

「また赤葦がひとりでブツブツ言ってるけど、大丈夫ですか、あれ。辞《や》めたりしないっすかね」

「いっつもそのあと生き返ってるし、放っといていい奴《やつ》でしょ」

「そっすねー」


「圧倒的な主人公力が欲しいです」

打ち合わせにやってきた宇内を前にして、赤葦は言った。

「圧倒的？」

「はい。こう……、すべてのボールを打ちきる、みたいなスター性というか」

「う、打ちきり⁉」

ガタッと立ち上がった宇内の真《ま》っ青《さお》な顔に向かって、赤葦は静かに頭を振る。

「……落ち着いてください。打ちきりではないです、まだ」

「まだ……、ですか……」

しゅんと小さくなって座り直した宇内に、赤葦は正直に告げる。

「厳《きび》しい状態ではありますが、なんとか巻き返していきましょう」

背水の陣《じん》であった。

打ち合わせスペース周《まわ》りの壁には、アニメ化、映画化された作品のポスターが所狭《ところせま》しと貼《は》られ、廊下を塞《ふさ》ぐように積まれた段ボールにはグッズのサンプルが詰《つ》まっている。

これら人気作品の仲間入りをするのだ、なんとしてでも——。

赤葦は宇内に目を戻すと、この1週間、ずっと考えてきたことをまとめるように話しだす。

「主人公は……ゾビッシュは〝スター〟なんです。読者はスターに期待してるんです。次はなにをしてくれるんだろう。どんなカッコいい技《わざ》を見せてくれるんだろう、どんなムチャをしてくれるんだろう、という期待を。スターには、思いがけない……それでいて魅力的な行動で僕らを魅了《みりょう》してほしいんです。ゾビッシュの進退は、次週のピンチをどうやって乗り越えるのかにかかっていると思います」

そして赤葦は、床に置いていた紙袋を持ち上げた。

「それで、お願いしたいことがあります」

「なんですかこれ。実は、さっきから気になってたんですけど」

手渡された紙袋は意外と重い。中をのぞいた宇内が「ブルーレイ?」と、訊《き》く。

「はい。古今《ここん》東西の剣戟《けんげき》映画から、バトルシーンの構図やポーズが参考になりそうな作品を選んでみました。この際、格好《かっこう》いいものはなんでも取り入れていきましょう」

「あ、ありがとうございます!」

「あと、宇内さんは全部見るのは大変でしょうから、見てほしいシーンの時間を書いておきました」

と、一緒にメモを渡す。

「絶対見ます! 参考にします!」

「こっちもできることはやりますので、頑張《がんば》りましょう」

作家さんがどんな話を上げてくるか、他の作品がどう出てくるか、読者の人たちがどう思うかなんて、自分でコントロールできるわけがない。

だったら自分にできることと、すべきことを考えるだけだ。

打ちきり回避――難しいけれど、きっとムリではないはずだから。

社会人になった鉄壁

サボっているわけではない、少し早く仕事を終わらせただけだ。

二口堅治《ふたくちけんじ》は定時の10分前からこれといってとくになにもせず、ただ時間が過ぎるのをじりじりと待っていた。

一応、形だけエクセルのファイルを開いてはいたが、今の仕事とはまるで関係のない過去のデータである。難しい顔をして睨《にら》んでいるのは、画面の右上——現在時刻だ。

あと5分、3分、1分……。

そして定時になった瞬間、二口は手際《てぎわ》よくパソコンの電源を落とすと、すっくと立ち上がりタイムカードに向かった。まだまだ帰る気配のない同僚たちに「お疲れさまでーす」と愛想《あいそ》を振りまき、さっさと打刻《だこく》してオフィスを飛び出す。

エレベーターのなかでぐうっと伸びをして早くもネクタイを緩《ゆる》めると、二口はビルを出た。

秋が近い。

ちょっと前まで定時だとまだまだ明るかったのに、最近はもう薄暗いくらいだ。

外回りから帰ってきた同僚とすれ違い、「お疲れっす」「うーっす」とおざなりに挨拶《あいさつ》しあうと、二口はきょろきょろとあたりを見まわす。

「……お、いたいた」

駐車場の隅《すみ》に停《と》まっていた車を見つけると、足早に近づいて運転席の窓を叩《たた》いた。

車の中で顔を上げたのは、青根《あおね》高伸《たかのぶ》だ。

こちらもやはり仕事帰りなのだろう、作業着にネクタイを合わせた青根は二口に気づくと、読んでいたマンガ雑誌を後部座席に放って、助手席のドアロックを解除する。いつものことなのだろう、手慣《てな》れたやりとりだった。

「あー、疲れた」

挨拶もなしに乗りこんだ二口は、我《わ》が物顔《ものがお》でどっかりとシートに座る。そして後部座席に荷物を投げこむと、偉《えら》そうに指示を出した。

「んじゃ、行くぞー」

そんな二口にイヤな顔ひとつせず、青根は車を出す。

仕事を終えたふたりの目的地は、市内の体育館だった。社会人チームＶＣ伊達《だて》では、毎週二回、平日夜と土曜の夜に練習が組まれているのだ。


「なあ、これさ、ＤＶＤとか観《み》れるやつにしねえの？」

二口がカーナビを指差した。

青根は目の端《はし》でちらりとナビを見ると、黙って首を振る。「しない」と、その目が言っている。

「買い替えりゃいいじゃねえか、いつも着くまで暇《ひま》なんだよなー」

毎回運転している青根はまったく暇ではないのだが、そんなことはおかまいなしに、二口はさらに勝手なことを言う。

「じゃあナビはそのままでいいからさ、後ろにテレビつけようぜ、リアモニター。俺、半

分、金出すからさ」

なぜ他人《ひと》の車に口を出すのか。

というか、運転手は後部座席のモニターなど見られないのだから、使用するのは二口だけだ。それを折半で取りつけさせようというのだから油断《ゆだん》のならない男だった。

金銭的なカラクリに気づいているのかどうか、青根は穏《おだ》やかに首を振る。「つけない」と、その目が語る。二口はチェッと小さく舌打ちしたが、モニターはただの思いつきでさほど執着《しゅうちゃく》もないらしく、話を変えた。

「練習サボってこのままどっか行くかー、温泉とか」

そして座席を深く倒し、気怠《けだる》そうに頭の後ろで腕を組んだ。

なんと応《こた》えればいいのか青根が黙っていると、二口は「お前と行ってもしかたねーか」と自嘲《じちょう》気味に笑い、運転席をチラリと見た。

その瞬間、前方を向いて運転していた青根の横顔が、微妙に残念そうな印象に傾きかけたことに目ざとく気づくと、「ま、そもそも明日《あした》も仕事だしな」と言《い》い足《た》し、さらには「今度みんな誘って行こうぜ」とフォローしたりもする。

適当なのか気がまわるのか、よくわからない男だった。調子がいいだけかもしれない。

そのつかみどころのない二口がひとりで喋《しゃべ》りつづけているあいだ、青根はただ黙ってハンドルを握《にぎ》っているのだった。よけいなことは言わない。安全運転。運転していなくてもよけいなことは喋らないのだが。

だから俺がふたり分喋ってやるんだ、ありがたく思え——というわけでもないのだろうが、二口はペラペラペラペラペラとめどなく喋りつづけていた。

「来週出張だりーわ、営業の奴《やつ》と一緒だし」

「車さ、軽トラに変えね？　いろいろ載《の》せられて便利じゃん、バーベキューの道具とかさ、やったことねえけど。買おうぜ、軽トラ」

「なんか、歯ぁ痛《いて》え」

「キャンプ行こうぜ、山。いいと思うんだよなー、山。行ったことねえけど」

「お前知ってた？　フキノトウって、あれフキのつぼみだって」

「今度の社員旅行、なんつってサボるかなー。なんかいい言《い》い訳《わけ》ねえ？」

「会社の隣の奴さー、いっつもなんか食ってんの、バカみてえ」

うるさい。

しかし、このどうでもいいような話を一方的に聞かされている青根のほうはといえば、案外ふんふんと真面目《まじめ》に聞いている様子《ようす》なのだった。歯が痛いと言われれば、心配そうな顔をしたりしている。

二口のほうも、そのわずかな表情の変化を読み取っては「なんだよー」だの「マジかー」だのと返し、コミュニケーションが成《な》り立《た》っている。

気が合うのだ。

かくして二口はひとりで喋りつづけ、

「で、無料なのは7巻までできー、まんまと買っちゃったよ、22巻まで。家で際限なくマンガ買えるのヤバくね？　来月の引き落としキツイわ……」

と、座席から力なくズリ落ちかけたときだった。

青根がなにか言いかけた。

「そ……」

しかしその声は、二口の「悪《わり》い、そこのコンビニ寄って」という軽い言葉に遮《さえぎ》られた。

青根は一瞬困ったような顔をしたが気を取り直すように頷《うなず》き、ウインカーを出して、すぐ先のコンビニに入った。

「水とヤンジャン買ってくるけど、お前なんかいる？」

青根が静かに首を横に振る。

運転手を車に残してコンビニに入った二口は、さっさと買い物をして戻ってきた。

そして「小さいリって、どうやって発音すんだろうなー」などと言いながら、助手席でマンガをめくりだした。

青根は再《ふたた》び車を出した。そしてすぐに、またなにか言おうとする。

「も……」

しかし、ヤンジャンを読んでいた二口が再び遮った。

「悪《わり》い。またコンビニ寄ってもらっていい？　その先でいいからさ。今、めっちゃピザまん食いたくなった。なんでさっき買わなかったんだろ、まあさっきはべつに食いたくなかったんだけど」

わざとではない。

さっきはカードの引き落としが気にかかり、しかも変な体勢だった。今はマンガに夢中で、青根の様子にまで気がまわらなかっただけなのだ。青根もそれをわかっているだけになにも言えず、ギュッと口を結んで、次の角《かど》のコンビニに入った。

「すぐ戻るし」

と言い置いて二口はコンビニに入った。すぐ戻ると言ったわりには、さっきよりも時間をかけて買い物をしている。やっと戻ってきた二口の言い訳はこうだ。

「いやー、ピザまんねえの。ワケわかんねえ。しかたないからピザポテト探したらさ、ピザポテトもねえの。腹立ったからくじ引いたら、なんかクッション当たってさ、いる？」

青根はどこか恨《うら》めしそうな目で二口をじとっと見つめ、悲しげに首を横に振るのだった。

「いらない」と、その目が、全身が雄弁に物語っている。

「な、なんだよ、その目……」

二口はさすがに申《もう》し訳《わけ》なさそうにクッションを後ろへ投げ入れると、「何度も悪かったな。さっさと行こうぜ」と促《うなが》すのだった。

「…………」

青根はやけに固い顔で頷き、そして、内心一《いち》か八《ばち》かの覚悟で車を出した。

「……なにチンタラ走ってんだよ、遅れるぞ」

ナビの時刻を見て、二口が声をかけた。

べつに道が混《こ》んでいるわけでもないのに、車はさっきまでと比《くら》べてやけにゆっくりと進んでいた。後続の車にどんどん追い抜かれ、二口の機《き》嫌《げん》も同じくどんどん悪くなっていく。

「急げよ。遅れるとうるせえだろ、キャプテン」

などとけしかけてみるのだが、スピードは変わらない。

青根は、じっと前を見たままなにも言わない。その横顔はすっかりこわばっていて、二口にもなにを考えているのか読めない。わかるのは、明らかに様子がおかしいということだけだ。

「おい、どうしたんだよ、大丈夫か？」

二口はもはや機嫌が悪いのを通り越して、少し心配そうな顔で言った。

「なんか言えって、具合でも悪いのかよ」

その言葉に、運転席の青根がようやく表情を変える。

しかしその顔に浮かんだのは、安堵《あんど》の表情でも感謝の表情でもなかった。負けた試合で見せるような、いや、負ける寸前、まだ負けていないときに見せる、まだいける、という顔だった――が、その顔もどんどん悲痛なものに変わっていく。

「な、なんなんだよ……！」

怯《おび》える二口に、青根はもはやここまでという絶望的な顔で、計器類の並ぶインパネを指差した。

「え？　なんだよ、見えねよ」

と首を伸ばした二口が、顔色を変える。

「……マジか」

ガソリンメーターのエンプティランプが、赤く点滅している。

ガス欠寸前だった。

青根が意図的にスピードを落としていたのではない、もはや車がスピードを出せないのだった。

「おい、いつからだよ。これ、今、点《つ》いたんだよな？」

言外《げんがい》に、まだ動くんだよな？　大丈夫だよな？　という問いを匂《にお》わせた二口だったが、青根は静かに首を横に振る。〝もう、ずっと前から〟と、その悲しげな目は訴《うった》えていた。

「はァ⁉　なんでだよ‼」

二口が顔を歪《ゆが》めたが、青根だってガソリンスタンドに入りたいと何度か言いかけていたのだ。ただそのたびに、二口のまったく急を要しないコンビニ利用に遮られてしまっただけで――。

「俺のせいかよ！　勝手に行けよ、スタンドくらい！　ガキの使いかよ！」

などと怒鳴《どな》ったところでガソリンが増《ふ》えるわけでもない。

タンクの残量はどのくらいだろう、次のスタンドまで保《も》てばいいが……。と思っているあいだにも、エンジンはぷすんぷすんと頼りない音を立て始める。

「……スタンドすぐそこだよな。大丈夫、間にあうって」

と口では言いながら、手のひらには変な汗《あせ》が滲《にじ》んでくる。二口は心配そうに身を乗り出して、道の先を見た。

ガソリンスタンドの看板はもう見えている、大丈夫、すぐそこだ。頼む——。と、祈るような気持ちで、まばたきもせずに看板を見つづける。目を離したが最後、永遠に見失ってしまうとでもいうように……。

しかし、エンジンももう限界という音を立てていた。というより、音がしなくなってきた。

「青根、ハザード、ハザード点けろ」

二口も、もう怒鳴ったりはしない。焦《あせ》りすぎて、逆に冷静になっている。

ふたりとも、今できることをやるだけだった。

青根は緊張の面持《おもも》ちでハザードランプをつけると、車を路肩に寄せる。

ガソリンスタンドまであと数十メートル——というところで、最後にプスンと息を吐いて、ついに車は停止したのだった。

「マジかー」

二口が額《ひたい》を押さえて低い天井を仰《あお》ぎ、青根はハンドルにぐったりともたれかかった。

しばらくそうしていたふたりだったが、脱力していてもガソリンが満タンになるわけではない。

「まあ、スタンドの近くで助かったか。すぐそこだし、押すぞ」

二口は腹をくくると、シートベルトを外《はず》した。

そして、ハンドルを握って座ったままの青根に気づいて言う。

「おい、お前なんで降りないんだよ。押すぞ」

青根はハンドルを握ったまま、申し訳なさそうに二口を見た。そう、どちらかがハンドルを操作していなければならないのだ。

「……チッ」

二口は小さく舌打ちするとジャケットを脱《ぬ》ぎ、ひとり道路に降り立った。

「……まさかっ……、仕事の、あとにっ……、こんな……目にッ……!!」

ワイシャツの袖《そで》をまくった二口が、真《ま》っ赤《か》な顔をして車を押していた。

車なんてだいたい1トンだろ？　それに青根が何キロあるんだよ。本当に動かせるのか……？　と案じていたが、一度タイヤが回りさえすれば、惰性《だせい》か慣性《かんせい》か知らないが、意外とそのまま前へ進んでくれる。とはいえ、その状態までもっていくのが大変だったが。

そして体力よりもさらにキツイのが、周《まわ》りの目だった。行《い》き交《か》う車から指をさされ、クラクションを鳴らされる。

「クッソ……!!」

その苛立《いらだ》ちが原動力となり、結果的に本来以上の力が出ていたかもしれない。怪《け》我《が》の功《こう》名《みょう》。とはいえ、ムカつくし、重いし、恥ずいし。

「あー、もう！　青根、お前重いんだよ！」

と怒鳴りつつも交代しろと言わないのは、せっかく動いている車を止めたくないからだろう。一度止まってしまうと、また動きだすまでがキツいと知っているだけに、避けたい。

我《わ》がままで気ままなようだが、最適解を導《みちび》き出《だ》そうとするエンジニア的思考で動いているのかもしれない。違うかもしれない。

「畜生《ちくしよう》、こんなとこ知り合いにでも見られたら……」

ぶつくさ文句を言いながらも車を押す二口だったが、本当にもうあと少し、あと数メートルでスタンドに到着――というところで、ハザードランプの点滅が不規則になる。

「あ？　なんだ？」

なにか他にも異常が起きたのかと車内を見ると、バックミラーに映《うつ》っている青根の様子がおかしい。二口になにか知らせるようにハザードを点け、必死にスタンドのほうを指差してみせている。

「……なんだよ。わかってるよ、すぐそこだろ」

と、頭を上げ、青根の指差す先を見た二口の頭にカッと血が上った。ガソリンスタンドの前に立ち、こちらにスマホを向けている男がいるのだ。

「はァッ⁉」

なんだあいつ、ユーチューバーかなんかか⁉　人が仕事帰りにめちゃくちゃ苦労してんのに、これから練習だってあるっていうのに、ふっざけんなよ……！

と、伸び上がってよく見ようとした二口の眼に映ったのは、まず筋肉だった。

「は？」

もう肌寒《はだざむ》いというのにTシャツの袖をまくりあげたものすごい筋肉の男が、こちらにスマホを向けて爆笑している。

「……って、鎌先《かまさき》さんかよ！」

ゲラゲラと爆笑しながら動画を撮《と》っているのは、高校時代のバレー部の先輩——鎌先靖《やす》志《し》なのだった。

二口はとっさに叫ぶ。

「青根、次のスタンドまで行くぞ！」

外からの声が聞こえたのか、それとも聞こえずとも理解したのか、青根は車のなかでムリムリムリ！　と首を横に振り、スタンドに向かってハンドルをきる。

車が、ゆっくりゆっくりと曲がった。

「曲がんなコラーッー！」

叫んでもムダだった。

車はそのままスタンドに入っていく。

もはや至近距離で撮影している鎌先が、「いま、スタンドに入ります！」などと実況しつつ追いかけてくる。

「なにやってんですか、鎌先さん！　撮ってる暇あったら手伝ってくださいよ‼」

「などと言っております！」

「その実況やめてくださいよ！」

なんとも騒がしいガス欠一行が、今、セルフサービスのガソリンスタンドに到着したのだった。

「ゴ――――ル‼」

「黙っててください‼」


青根がガソリンを入れているあいだ、二口と鎌先は自動販売機の前に陣取《じんど》って時間をつぶしていた。

鎌先が缶コーヒーを開けて、訊《き》く。

「これから練習か？」

「そうっす」

「そっかー。俺もまたやろっかなー、バレー」

先輩の言葉に、飲み物を選んでいた二口は自販機に向かって応えた。

「やるなら別のチームにしてくださいね」

「なんでだよ、いいじゃねえか」

二口は鎌先と同じ缶コーヒーのボタンを押すと、鼻で笑う。

「なんでって、逆になんで週二で鎌先さんの顔見なきゃいけないんですか。ちょっと勘弁《かんべん》してくださいよ」

と、コーヒーを取り出し、開けた。

この小生意気《こなまいき》な後輩の、懐《なつ》かしいといえば懐かしいが、とにかく癪《しゃく》にさわる態度に、鎌先がスマホを突き出す。

「……このガキ、動画拡散するぞ！」

「ブッ」

二口が、口に入れたコーヒーを吹き出した。

「きったねえ！」

「いや、わざとじゃないんで！」

コーヒーで汚れた画面には「撮ってる暇あったら手伝ってくださいよ!!」と怒鳴りながら車を押す二口がアップで映っていた。そこに鎌先の笑い声が被《かぶ》り、笑いすぎて画面がブレまくる。

二口は「ちょっ、……それだけは！　なんでも言うこと聞くんで！　このとおり！　センパイ！」などと言いながら鎌先のスマホを拭《ふ》き、拝《おが》んでみせたりする。

鎌先は二口の弱みを握ったのが嬉《うれ》しくてたまらないらしく、勝《か》ち誇《ほこ》ったようにダハハハハハハハと高笑いした。そして、ふんぞり返って命令する。

「よし、じゃあ合コンセッティング、今月中な！」

「……そんな知り合い、いないですよ！」

そう言って二口は缶コーヒーを飲み、足元の小石を蹴《け》ったりする。

「じゃ拡散だな、絶対バズらせる」

「なんですかそれ、めちゃくちゃじゃないですか！」

「お前らがめちゃくちゃなことしてたんだろ！」

と、じゃれあっていたところで、手を振る青根に気づいた。給油が終わったのだ。

「じゃ、俺ら練習行くんで！」

と空《あ》き缶《かん》をゴミかごに投げ捨て、二口は逃げるように車に駆け寄った。

その背中へ鎌先が怒鳴る。

「合コン、連絡しろよ！」

その声を無視して、二口は車に乗りこんだ。

青根がエンジンをかける。かかるか。かかった。よかった。

そして青根は外の鎌先にぺこりと会釈《えしゃく》すると、無事に車を出したのだった。なにか叫んでいる鎌先の姿が、バックミラーの中で小さくなり、消える。

やっぱり、手で押さなくても動く車は最高だった。

DVDが見られるカーナビも、後部座席のテレビもいらない。軽トラでも乗用車でもなんでもいい。ただエンジンさえ動いて、なにごともなく目的地へたどり着ければそれだけでよかった。

かなりの遅刻になりながらも、車は体育館に到着した。もう多くは望まない。着いただけで御《おん》の字《じ》だった。謙虚《けんきょ》な気持ちで車を停め、荷物を持って降りようとしたふたりの元へ、ふたつの人影が近づいてきた。

駐車場はもう暗く、顔まではわからない。だがチームのメンバーではないようだ。

「……誰だろ？」

いぶかしむ二口の耳に、懐かしい——しかし今だけは会いたくない人たちの声が聞こえてきた。

「よう、車の調子はどうだ？」

「人力自動車とか、エコだな」

と言って街灯の明かりの中に入ってきたふたりは、バレー部時代の先輩たち――茂庭《もにわ》要《かなめ》と笹谷《ささや》武仁《たけひと》だった。

ふたりがなぜ車のことを知っているのかは、考えるまでもない。鎌先だ。

茂庭は、あきれた顔でふたりを軽く叱《しか》った。

「まったく、なにやってんだお前らは……。ちゃんとメンテしとけよ、車くらい。毎日使うもんだろ？　調子に乗ってるからあんなことになるんだぞ⁉」

屈辱《くつじょく》にぎゅっと口を結んでいる二口と、すっかり恐縮して小さくなっている青根へ、笹谷がフォローの言葉をかける。

「まあ、大事なくてよかったけどな」

しかしそう言ってから顔を隠すようにうつむき、黙って肩を震わせるのだった。笹谷は明らかに笑っていたが、なんとか落ち着くと、顔を上げた。

「いや、悪い、なんていうか……仕事の疲れが取れたな、あの動画。癒《いや》し、っていうのか」

「癒されるか？　俺はもう、なにふざけてんだこいつら……って。またふざけて人様に迷惑かけたりしてないか、もう心配で心配で……」

　と、心配の方向がちょっとズレていた茂庭に、二口は「俺らべつにふざけてないですよ。ただのガス欠だし。っていうか、俺たちのこと心配してくださいよ……」と拗《す》ねたが、茂庭はなかなか信用しないのだった。

「本当か……？」

　高校時代、調子に乗ってよけいなことをしては周りに迷惑をかけてばかりの二口をイヤというほど見てきて、まわりに謝りつづけてきたのだ。しかたがないだろう。

「いや、それにしても、鎌《かま》ちもよくあんな決定的瞬間撮ったよな」

「確かに、なにやってたんだろうな、あいつは、あそこで」

　などと言いあって盛り上がる先輩たちを前にしながら、二口はぐっと怒《いか》りに震えていたのだった。

　合コンとか絶対やってやんねえし！　もし人足《た》りないことあっても、鎌先さんだけは絶対呼んでやんねえからな……!!

と、そのとき、体育館からボールの弾《はず》む音が聞こえた。

そして、シューズの鳴る音――。

もう練習が始まっているようだった。適当に挨拶してさっさと行くことにするか……と足を踏み出しかけた二口が、茂庭の小さな声に立ち止まった。

「また、やりたいよな」

独《ひと》り言《ごと》のようなその声を聞《き》き漏《も》らさず、二口はすかさず声をかける。

「たまに来てくださいよ。つうか今日《きょう》だって、遊んでけばいいじゃないですか！　俺ら、見学者随時《ずいじ》募集中ですし！」

ついさっき鎌先に「やるなら別のチームにしてくださいね」と言い放ったその同じ口でふたりを誘うと、茂庭は大げさに驚いて断《ことわ》る。

「え!?　いや、俺スーツだし！　なんの準備も……、なあ！　笹やん！」

「あ、ああ……」

あわてる先輩たちを見て笑い、二口は「そんなの制服と変わんないですよ！　大丈夫！」

と先輩たちを引っ張っていこうとする。

「制服って……、制服でだってバレーやらないだろ⁉」

とは言いつつも、茂庭は「じゃあ、鎌ちも呼ぶか？」などと、すっかり乗り気になっているのだった。が、二口がムッとして振り返り、却下《きゃっか》する。

「鎌先さんは、呼ばなくていいです」

そのふてくされた顔を見て、笹谷がからかった。

「なんでだよ、呼ぼうぜ。動画の完全版見せてもらいたいし」

「……ふたりとも帰ってください！」

打って変わって追い返そうとする二口を、今度は逆に先輩たちがズルズルと引っ張っていく。

「ほら、わがまま言ってないで、行くぞー」

「やめたほうがいいですって！　茂庭さんスーツじゃないですか！　ズボンのヒザ出ますよ！　ヒザ！」

「大丈夫、どうせこのスーツ安物だし！　笹やん、鎌ち呼んどいて！」

「おう」

「呼ばないでください！　っていうか、みんな帰ってくださいよ!!」

その様子を後ろから見ている青根は、果たしてどんな顔をしていたのだろうか――。外はもうすっかり暗くてよくわからなかったが、きっと他の三人のように、高校時代と同じ顔をしていたに違いないのだろう。

軌跡10 俺たちの戦いはこれからだ!!

「ゾビッシュ打ちきりです……ラスト7話です……」

編集からの電話を受けたあと、ひとりで部屋にいるのがつらくて外に出たことまでは覚えているが、どうして、そしてどうやって編集部にやってきたのかは宇内《うだい》本人も覚えていなかった。

そして、なんの連絡もなく突然編集部にやってきた宇内に面食《めんく》らった赤葦《あかあし》だったが、その顔を見て、これはひとりにしてはいけない――と、とりあえず外の喫茶店に連れ出して話をすることにしたのだった。社外に出ていなかったのが、せめてもの幸運だった。

「なんでも好きなものを頼んでください」

向かいに座った宇内にメニューを渡すも、宇内はそれを手に取る力もないようでパタリとテーブルに取り落とす。

赤葦はできるだけ動揺を顔に出さないようメニューを手元に寄せると、訊《き》いた。

「じゃあ、コーヒーでいいですか?」

「………」

返事はなかったが、注文を取りに来たウエイターにコーヒーをふたつ頼むと、赤葦は言葉を選びながらきり出した。

「今回は、残念な結果になってしまいましたが……」

うなだれたままの宇内に、赤葦は続ける。

「で、こちらからの提案としては……」

「………」

「新しい作品で仕切り直しをしたいと思います。次回作はもっとしっかりコンセプトを固めて、宇内さんにしか描けない作品で勝負しましょう」

「次……？」

宇内はやっと顔を上げたかと思うと、その頭をゴンッとテーブルに打ちつけた。そしてクシャクシャの顔を上げて叫ぶ。

「ないよ！　俺にしか描けないものなんてないよ！」

「そんなことありませんよ、きっとなにか……」

「そんなことある！　ないの!!」

すっかりパニックに陥《おちい》った担当作家を前に、赤葦は唇《くちびる》を嚙《か》むことしかできなかった。

どうしたらいいんだ――。

ただ作家さんを落ちこませて「それじゃあ」と別れるわけにはいかない。なんとか前向きに、次につなげる感じで別れたかった。ただのエゴかもしれないが。

「……きっと、いい題材がありますよ。子供の頃に好きだったものとか、打ちこんでたこととかありませんか?」

「俺は、勉強も運動も図工も音楽も、全部なんとなくこなしてきた、小器用な凡人《ぼんじん》だから……」

調子がいいときには「俺はなんでもこなせるほうですからね!」と、得意になっていたこともあったのに、すっかりしょぼくれ返ってしまっている。しかたないのだが、打ちきりなのだし。

赤葦にできるのは、愚直《ぐちょく》に本心を伝えることだけだった。

「連載作家さんが、小器用な凡人のわけないと思います」

「俺はもう、連載作家じゃなくて、打ちきり作家だから……」

そのとき、ウエイターがやってきた。

コーヒーを持ってきたウエイターは、宇内の「打ちきり作家」という言葉にちょっと興味深そうな顔を見せたが、すぐに職業倫理《りんり》を取り戻してくるりと踵《きびす》を返す。

赤葦はカップを取り、心を落ち着けるためコーヒーの香りを吸いこみ、考える。

これは、ちょっと雑談でもして気分を変えたほうがいいかもしれない、と。

なにを話せばいいのだろう。作品のことでもこれからのことでもない、だったら宇内自身の話だろうか。最近、宇内とどんな話をしただろう。大学のときのサークルはなんだと言っていただろう、出身地はどこだっただろう……。

そして思い出す。

「宇内さんって、たしか出身は東北《とうほく》のほうだって前におっしゃってましたよね。なにか変わった風習とかはなかったんですか？　マンガのネタになるような」

「……宮城《みやぎ》だけど、普通の住宅地だし、べつに普通」

かすれた声でそう言うと、宇内はぼんやりとしたままコーヒーに砂糖を入れた。何個も、何個も。多い。ちょっと多すぎるのでは、と赤葦は思ったが、言いだせない空気があった。

「まあ、赤葦さんみたいな東京出身の人から見たら、俺の家のほうとかド田舎《いなか》かもしれないけど……」

「そ、そんなことは……」

取引先の人間を相手に、ちょっと素《す》でしょぼくれすぎなのでは？　とも思うが、むりもない。『ゾンビ剣士ゾビッシュ』は、宇内にとっての人生初連載で、人生初打ちきりなのだ。

食事、睡眠――、これら人間としての営《いとな》みを犠牲《ぎせい》にして描いてきた作品が受け入れられなかったのだから、しょぼくれて当然だった。

そして新入社員の赤葦にとっても、『ゾンビ剣士ゾビッシュ』は自分の手でゼロから立ち上げた初めての作品だった。思い入れが深かっただけに今回の決定は残念でたまらない。

だからこそ、なんとか前向きな話で終わりたかった。

なにかなかっただろうか、共通の話題とか――。

追《お》い詰《つ》められた赤葦の口から出たのは、自分でも思いがけない話題だった。

「……実は俺、宮城のほうに知りあいがいるんです。高校のときの部活の関係で」

「そっすか」

宇内は死んだ目でコーヒーをかき混ぜているだけで、まったく話に乗ってこなかった。甘すぎるだろうコーヒーを飲みもしないが。

「………」

そうだよな。他人の高校時代の話なんて、今、一番どうでもいい話題だったな……。

それにしても、どうしたらいいのか。打ちきりを伝えて、その後を考えるなんていう大仕事は初めてで、どうするのが正解なのかまったくわからなかった。

すっかり黙りこんでいると、宇内が口を開く。

「……部活って、赤葦さん、なにやってたんすか?」

そう訊く宇内は、さほど興味のある感じでもなく、ちょっと間があいてしまったから、しかたなく訊いてみた、というようなノリだった。

作家さんに気を遣《つか》わせてしまったな……と反省すると同時に、そのくらいの気力が戻ってきた宇内に安心しつつ赤葦は答えた。

「バレーボールです」

「ふーん、俺もやってましたよ、バレー」

そう言ってから、宇内は続けた。

「俺の代、春高《はるこう》にも出たんですよ」

その言葉に、赤葦は飲もうとしていたコーヒーを置く。

「え、俺も、です」

「本当ですか⁉　すごいじゃないですか、赤葦さん」

「いや、宇内さんこそ」

そして軽い胸騒ぎとともに、赤葦は訊く。

「……どこだったんですか、宮城の」

テーブル越しの宇内は「強豪校《きょうごう》ってわけでもないし、知ってるかな……」と笑ってから、答える。

「烏野《からすの》、ってとこ」


宇内先生の次回作『メテオアタック』にご期待ください！

リオの大王様

地獄で仏――ならぬ、地獄で大王様だった。

「ごちそうさまでした！　助かりました！　あの、いろいろ！」

と、声の大きいのが日向翔陽《ひなたしょうよう》。

そして「それじゃ、チビちゃん」と、ひらひら手を振っている男こそ大王様――及川《おいかわ》徹《とおる》なのだった。

「ぜったい連絡します！」

「はーい」

「ありがとうございましたっ‼」

街灯に照らされて深々と頭を下げると、日向は停《と》めていた自転車に飛び乗った。さあ、今度こそ家へ帰ろう。

家といっても家族の待つ宮城《みやぎ》の実家ではない。今住んでいるのはシェアハウスの一室だ。

そう、ここはブラジル、リオデジャネイロ。

ふたりが別れたのはセントロの南、グローリア湾に沿ったフラメンゴ公園だった。夜はすっかり更けていたが、カリオカたちはまだまだ遊《あそ》び足《た》りなそうに行《い》き交《か》っている。

南国の夜だ。


自転車を漕《こ》ぐ日向の顔は、真《ま》っ赤《か》に紅潮《こうちょう》していた。

無理もない。

なぜなら――

こんな地球の裏側で、大王様に会うなんて！

宮城にいたときだって、偶然会うことなんてほとんどなかったのに！

アルゼンチンリーグ⁉

ぜんっぜん知らなかった！　影山《かげやま》の奴《やつ》は知ってたのかよ！　だったら教えてくれてもいいんじゃないですか⁉　「ブラジルに行くのかよ、及川さんはアルゼンチンリーグにいるぞ」くらい、言ってもバチはあたらないいんじゃないですか⁉　隣の国なんだし！

それにしても、すげえええええ!!

こんな地球の裏側で、あの大王様に会うなんて！

現実に、気持ちが追いつかない。生《なま》ぬるい夜ふけの潮風《しおかぜ》なんかでは、到底この興奮を冷《さ》ますことはできなかった。

今日《きょう》は、次から次へとアクシデントが襲《おそ》ってきた。あまりにも山あり谷《や》ありすぎて、谷地《ち》の心臓だったら悲鳴をあげただろう。日向だって、今はフンと鼻息も荒く、全力でジャコジャコと自転車を漕いでいるが、昼間は同じペダルをのそのそと力なく踏むのが精一杯だったのだから。

一寸先《いっすん》は闇《やみ》だが、禍福《かふく》は糾《あざな》える縄《なわ》の如《ごと》しで、クルクルとせわしない。闇かと思えばすぐに光がさす。うっかり不幸に浸《ひた》っていると、自分の人生からだって振り落とされてしまうだろう。

排気ガスの甘い匂《にお》いのなか、日向は今日一日のことを思い起こした。

今日のツキのなさはどこから始まったのか、と。

まず、試合に負けた。まあ負けるのはいつものことなのですが。それからバイトでは道に迷って配達に遅れ、叱《しか》られ、気づけば財布《さいふ》もなくしていた。這々《ほうほう》の体《てい》で家に戻れば、これもいつものことではあるけれど、ルームメイトのペドロに存在を黙殺され――。

それで、部屋でひとり膝《ひざ》を抱《かか》えていたのだ。

ブラジルに来て２か月。手応《てごた》えはまだ得られない。バレーボールのためにはるばるやってきたブラジルなのに、すっかり生活のためのアルバイトに追われてしまっている。まだたったの２か月、とも思うけれど、期限は２年。漫然と過ごしていたらあっという間に過ぎてしまうだろう。

時間がない。お金もない。

なにをどうしたらこの状況を打破できるのか。どんなにもがいても前へ進めなくて、ただ焦《あせ》りが募《つの》るだけの現状を――。

背中から、冷たい闇に飲まれていくようだった。

絡《から》みつくような孤独から逃げるように、日向は部屋を出た。そしてあてどもなく自転車に乗り、ひたすら夜の道を走ったのだった。

まさか、その先で及川に出くわすとは。

あのまま部屋で小さくなっていたら及川には会えなかったのだから、無理矢理にでも外に飛び出して正解だったと日向は思う。

これからも、辛《つら》いときこそ外に出ねば！　うん‼

異国の風景が、流れていく。

しっかりと前を見てペダルを踏む顔は、かつて登下校の道を急いでいたときと変わらない。今日やるべきこと、明日《あした》やるべきことを考えながら、学校への道、家への道を急いでいた頃と。

あの頃と違うことといえば、ひとりだということだ。あの頃は支《ささ》えてくれる人や仲間に囲《かこ》まれていて、今はひとり。

その息がつまるような孤独から救ってくれたのが、まさか及川だとは。

なぜ。

現実って、変だ。

まずあの顔が見えたときは、心細さのあまりついに幻覚でも見てしまったのかと思ったけど、でも、そういうときに浮かぶ幻覚って、家族や先生や仲間の顔だよな。たぶん、及川さんではないと思う。幻覚見たことないからわかんないけど。

そう考えると、及川さんはものすごく現実的だ。大王様の幻覚とか見てもぜんぜんホッとしないし。実際には、めちゃめちゃ元気をもらったんだけど。

生ぬるい風をきって、日向は改めて及川に感謝する。

及川徹。

日向にとっては、高校1年のときから知ってるといえば知っているが、会話らしい会話をしたのはほぼ初めてという、他校の、2歳年上の先輩なのだった――。

数時間前、フラメンゴ公園で再会したふたりは、日向が言うところの「美味《おい》しくてヘルシーで安い」店へと向かったのだった。異国での、不思議なコンビでの夕食だ。

「ここって、どういう仕組み？」

店に入った及川がまず訊《たず》ねると、日向は明るいビュッフェテーブルとレジとを順番に指差した。

「セルフで好きなもの取って。で、グラム当たりいくら、って感じです」

「了解」

皿を手にした及川の眼が光った。

食べ物を前にしたとき運動部の男子たちが見せる顔だったが、その野生の顔は一瞬で消えて、アスリートの顔にとって変わる。今や彼はプロで、この肉体が生業《なりわい》なのだ。欲望の赴《おもむ》くままに食う段階はすぎた。

及川は鼻歌交《ま》じりに、肉、野菜、炭水化物をバランスよく皿に盛りつけながら、言う。

「ブラジルは普通にコメあるのが嬉《うれ》しいね」

「アルゼンチンはないですか？」

日向が皿にパスタを載《の》せようと四苦八苦しながら訊《き》けば、及川はちょっと考えてから答える。

「……肉が主食、みたいな？」

「ハハハ」

「いや、マジだって。あ、その豆のやつ旨《うま》そう」

「美味しいですよ！」

と応《こた》えつつパスタと戦っている日向を見て、及川の手が止まった。そしてわずかに眉《まゆ》をひそめて声をかける。

「あのさ、チビちゃん」

「はい？」

トングを片手に顔を上げた日向に向かって、及川は真面目《まじめ》くさった顔で告《つ》げた。

「及川さんの奢《おご》りだからって、変に恐縮して安く済《す》まそうとかしなくていいから。普通に食べて」

「………‼」

日向の目が潤《うる》んだ。

今日、財布をなくした日向は、及川の奢りでここへやってきたのだった。

「……あ、ありがとうございますっ！」

そして日向は、ありがたくパスタをずどんと載せたのだった。

「食うね、炭水化物……。いいけど……」

たしかに、日向おすすめの店は美味しくてヘルシーで安かった。一気に打ち解けたふたりは、皿に山盛りの料理をハグハグと口に運びながらとめどなく喋《しゃべ》りつづけるのだった。

「いいね、これ。知らない味なのに懐《なつ》かしい感じ」

「わかります」

「この野菜なんだろう、赤いの」

「なんでしょうね」

「知らないの!?」

「まだこっち来て2か月なんです！」

テーブルを挟んで食べ、喋るふたりは、まるで古くからの友人のようだった。どう見ても、異国で偶然出会った、お互いのフルネームが言えるかどうか、という間柄《あいだがら》のようではない。

日本を離れて自分だけを頼りに生きているもの同士、その孤独と、ヒリヒリとした充実感とを共有できる相手は、互いに貴重だったのだろう。そして及川は日本語での会話に飢《う》えていたのかもしれない。日向には、白鳥沢《しらとりざわ》高校出身の加藤《かとう》ルシオさんが近くにいたが、及川の周《まわ》りに日本語の通じる相手はいないだろうから。

「へえ、チビちゃんはシェアハウスにいるんだ。じゃあ、自分で食事を作ったりもするわけ？」

「はい！　肉焼いたり、野菜煮《に》たり」

そのシンプルな答えに、及川が笑う。

「……料理というか調理だね。やっと火を知った人類っていうか」

「厳《きび》しいご意見！」

どうやら及川は、思っていたほど怖《こわ》い人というわけではなさそうだった。これまでネットを挟んでしか見ていなかった相手の意外な面を垣間見《かいまみ》て、恐怖の大王様、というだけの人ではないのだと日向は思いを改める。奢ってくれたし。ありがたい。

そもそもライバルなんていうものは、視点を変えれば仲間と変わらないのかもしれなかった。もともと及川は、影山飛雄《とびお》の先輩なのだ。出会ったときに烏野《からすの》と青葉城西《あおばじょうさい》だったから対戦相手となったが、ざっくり言えばともにバレーボールを選んだ仲間であって、試合を離れれば敵も味方もない。ともに死力を尽《つ》くして戦った同士なのだ。

そんなふたりがわしわしとブラジル料理を食べていると、及川のスマホが鳴った。

「あ、金田一《きんだいち》」

金田一勇太郎《ゆうたろう》、日向と同い年の元・青城《せいじょう》の選手だ。日向も合同合宿で何度か一緒になっている。その中には、呼ばれてもいないのに勝手に押しかけていった合宿もあったが。

「金田一、なんて言ってます？」

らっきょヘッドを思い出しながら訊くと、及川はスマホを見て笑った。

「ん？『ちょっと状況がつかめませんが、お大事にどうぞ』だって」

日向と及川はさっきビーチで一緒に撮った写真を、それぞれの仲間に送りつけたのだ。

その写真への、金田一からの返信だった。

状況がつかめないのは、現地の当人たちも同様である。ふたりともまだ、どこかふわふわと現実離れした感じがあったが、第三者である金田一を通して自分たちの妙な邂逅《かいこう》を見直すことで、やっと現実感を取り戻した感じがあった。地球の裏側で、地元の知り合いに

すめし

出くわしたという現実離れした現実を。

「……お大事に、とは？」

首をかしげる日向に、及川も訊く。

「チビちゃんのほうは、トビオから返信あった？」

「ないですね」

すると及川は、なぜか突然ふてくされてテーブルに肘《ひじ》をつき、顔をしかめるのだった。

そして吐き捨てるように言う。

「……日本代表め」

「そ、それは関係ないのでは？」

いきなり不機嫌《ふきげん》になった及川を扱《あつか》いかねて、日向はどうしたものかとフォークをかじった。しかし及川はおろおろしている日向にはまったくかまわず、サラダの野菜をぷすぷすぷすぷすとフォークで刺してはぶつぶつと文句を言っている。

「……あいつ……そうやって…………ったく…………なんだよ…………のくせに…………だろうが…………」

が、ひとしきりきゅうりを痛めつけるといくらか気がすんだのか、まだ少し固さの残った顔を上げて日向に訊いた。

「で、チビちゃんは、その、リオでトビオに会ったりする予定あるわけ？」

「えっ？」

思いがけない問いに、日向はフォークを取り落としそうになる。

「な、なんでですか⁉」

「だから、ほら、オリンピック」

そうか、そうだ。オリンピックだ。

オリンピックの他に、影山がリオに来る理由はない。

「ですよね。オリンピック、ですよね」

「うん、オリンピック」

と頷《うなず》くと、及川はサラダを口に運んだ。

リオオリンピックの開幕はもうすぐだ。

来月には、影山がこの街《まち》にやって来るのだ。日本代表選手のひとりとして——。

「…………」

日向はちょっと奥歯を噛《か》むと、パスタをフォークにくるくると巻きつけながら首を振った。

「いえ、とくには」

「なんで」

「いや、あの、バイトもあるので……」

「バイトね」

及川はちょっと含みのある言い方をして笑い、ライスを口に運んだ。その顔に、さっきまでの不機嫌さはない。うつむいた日向を前にして、ちょっと面白《おもしろ》がるような余裕さえ浮かんでいるのだった。

しかし、日向は及川の顔など見てはいなかった。そんな余裕はない。日向が見ていたのは、現在の自分と影山、そしてその間にある距離だけだ。

会ってどうする？

まだなにもつかめていない自分が、日本代表の影山に会ってどうするというのか。

「…………」

黙りこんだ日向のフォークにはすでに大量のパスタが巻きついていたが、日向はまるで気づかずにまだぐるぐると皿の中でフォークを回しつづけていた。頭の中で答えを探しつづけるように、いつまでも、ぐるぐると。

その様子《ようす》を見て、及川はなぜか楽しげにニヤニヤと笑うのだった。

「まあ、君らはさ、共通の言語ってバレーボールだけだろうしね」

その言葉に、日向はハッと及川に目を戻す。

「え？」

「バレーをするわけでもなく、ただ顔を合わせてもしかたないよね、ってこと」

「へ？　ただ、顔……って？」

「想像してみたら？」

「リオで、影山と、ですか……？」

「そう」

及川は意地悪く笑ったが、日向は言われたとおり素直《すなお》に考えてみるのだった。

この街で影山と会うなら、どこで待ち合わせをするだろうか。オリンピックだし、マラカナンジーニョ体育館の近くだろうか、それともコパカバーナビーチ？　それかルシオさんの教室とか……？

んー、なんだろう。ぜんぜん想像がつかない……。

もやもやと影山の顔が頭に浮かんでくる。もやもやと……。顔全体がはっきりと形になる前に、あの仏頂面《ぶっちょうづら》や謎の固い笑顔がもやっと浮かんでは消え、浮かんでは消え、怖い。怖いが、その怖い顔をがんばって思い浮かべてみる。

「う……うう……」

「なんで唸《うな》ってるわけ？」

及川が気味悪そうに覗《のぞ》きこんでくるが、それどころではない。頭の中では、目つきの悪いあの顔がこちらを睨《にら》んでいるのだ。

「う……。なんか、お腹《なか》痛くなってきた……」

「なんで！」

しかし、もう少しで回線が繋《つな》がりそうな、顔が見えそうな感じがする。

もし影山に会うなら……。

「………!!」

そしてはっきりと影山の顔が見えた瞬間、理解する。

「これは、会う必要がない!」

そう言ってから、フォークに絡《から》みついた大量のパスタに気づいて仰《の》け反《ぞ》る。

「わ、なんだこれ!」

動転する日向の顔を見て、及川が笑った。日向も照れたように笑った。

頭に浮かんだ影山は、懐かしい烏野高校排球部《はいきゅうぶ》のジャージ姿でこう言ったのだ。

――この先、お前は俺と同じ舞台にいるってことだな?

――それが日本のテッペンでも〝世界〟でも。

影山が立っていたのは、リオではない。

部室の階段の下だった。

それは、高校1年のインターハイ予選の朝のことだったが、日向はそこまで覚えていただろうか。覚えていても覚えていなくても、結論は変わらない。

同じ舞台に立っていない今は、まだ会う必要がない。


及川と別れ、ひとり自転車を漕いでいるとスマホに着信があった。足を止めて確認してみれば影山からの、たったひと言。

『なぜだ』

「なぜだ、って……」

日向もひと言『偶然』と返し、再《ふたた》び自転車を漕ぐ。

そして、偶然か、と思う。

日本でもばったり会ったことなんてなかったのに、こんなところで会うなんて本当にすごい偶然だった。

でも、偶然といえば、電器屋さんのテレビで烏野の試合を見たのも、中学時代に影山と戦ったのも、烏野に入学して影山と再会したのだってぜんぶ偶然だよな……。

「……？」

ってことは、現実に起きてることは全部偶然ってことか？　えっ、人生って、偶然が繋がってるだけ？　じゃあ偶然じゃないことってなんだ……⁇

高く弧《こ》を描くボールを思う。

ボールの軌道《きどう》が決して偶然ではないように、偶然のように見える色んなことはすべて必然なのかもしれない。やるべきことをやっていれば、遅かれ早かれ、みんないつかどこかで巡《めぐ》り会《あ》うのだから。そう、同じ翼《つばさ》を持つ鳥たちが自然と集まるように。

そして日向はシェアハウスに戻ってきた。

さて、妹にもらった財布をなくしたことを家に連絡しようか、それとも心配させないよう黙っていようか。それは明日また改めて考えよう——と部屋に入ると、共同のキッチンにルームメイトのペドロがいた。

「Oi《ただいま》……」

帰宅の挨拶《あいさつ》をしても、ペドロはイヤホンをしたまま本でも読んでいるのか返事もしない。

日向が帰ってきたことに気づいてはいるのだろうけど。

ブラジルに来てから2か月、ペドロとの共同生活はうまくいっていなかった。没交渉なのでトラブルもないのだが、やはりコミュニケーションが取れないのは息が詰《つ》まる。まだポルトガル語も英語も下手《へ た》だからかな……と落ちこんだりもする。

「…………」

及川と会ってチャージされた気力がまた抜け出ていきそうだったが、そのとき、ペドロの肩越しにちらりと見えたものに、日向は息を飲んだ。

「………‼」

急いで自分の部屋に戻ると、日向は本棚からマンガをつかみ、ペドロのいるキッチンへ急ぐ。ペドロが読んでいたのは、日本のマンガ『ワンピース』だったのだ。

なにか、なにか話せるかも……！

そして、キッチンのテーブルに、『ワンピース』の1巻を置く。

「Quem《誰》 vossé《が》 gosta《好き》? Eu《俺》. Zoro《ゾロ》!」

「………！」

ペドロが、ついに顔を上げた。

明日もまた、配達のバイトに、ルシオさんの教室の手伝いだ。

日本のテッペンも世界も、まだまだ遠い。コートの中でのことを全部できるようになろうと選んだビーチバレーの修業だったが、砂と風の壁に未《いま》だ手も足も出ない。

しかし、為《な》す術《すべ》がないわけではなかった。

あの冬の日、なにをしたらいいかわからずに飛び出して、呼ばれてもいない合宿に入りこみ、疲れた身体《からだ》でなにを食べたらいいかもわからなかった自分とはもう違う。やるべきことを考え、食べるべきものを選び、つかみとることができる。

目指《めざ》す場所は遠く、道しるべもないが、自分の踏んだ跡《あと》こそが道だ。今はまだ風に吹かれた砂に消えそうな、頼りない足跡だったが。

日向は壁にかけた色紙を見た。

『遠きに行くは必ず邇《ちか》きよりす』

大きく深呼吸して、心を落ち着ける。

この道の、始まりを思い出す。

ブラジルでの日々は、あの日の自分自身を裏切らないための挑戦でもあるのだ。

——お前を倒すのは、絶対おれ!!
——それが10年後でも20年後でも
——絶対!!

あのインターハイ予選の朝、日向は影山に向かってそう宣言したのだ。

そこが日本のテッペンなのか〝世界〟なのか。

同じ舞台で再び相見《あいまみ》える日のため、あらゆる偶然を糧《かて》として、己《おのれ》の肉体と精神とを必然の一点へと収斂《しゅうれん》させていく。

先を行く仲間が、日向が追いつくのを待っている。遅《おせ》え、と振り返るその顔が見える。

だから、孤独だけど、孤独じゃない。辛いけど、辛くない。

食べること、眠ること、学ぶこと。生きることのすべてが、その日への長い助走だ。約束の日はまだまだ遠いが、きっと来る。

そう信じて、今は眠りにつく。

■初出
ハイキュー!! ショーセツバン!! XII 卒業後の景色
書き下ろし

[ハイキュー!! ショーセツバン!!] XII 卒業後の景色

2020年8月9日 第1刷発行
2024年4月30日 第11刷発行

著　者 ／ 古舘春一 ◉ 星希代子

編　集 ／ 株式会社 集英社インターナショナル
〒101-8050 東京都千代田区一ツ橋2-5-10
TEL 03-5211-2632(代)

装　丁 ／ 勝亦一己

編集協力 ／ 佐藤裕介〔STICK-OUT〕

編集人 ／ 千葉佳余

発行者 ／ 瓶子吉久

発行所 ／ 株式会社 集英社
〒101-8050 東京都千代田区一ツ橋2丁目5番10号
TEL 編集部：03-3230-6297
読者係：03-3230-6080
販売部：03-3230-6393(書店専用)

印刷所 ／ 図書印刷株式会社

Printed in Japan ISBN978-4-08-703499-8 C0293